# Impara
# l'italiano
## in 6 mesi A2

從零開始｜6個月就是要你學會義大利語

# 6個月學會義大利語A2

Giancarlo Zecchino（江書宏）、吳若楠 合著

葛祖尹 插畫

## 作者序

# 學會義大利語：不再是個夢想！

《6個月學會義大利語A1》（下文簡稱為《學會A1》）毫無疑問革命了學習義大利語的方式。許多學生對此表示讚賞，其中一些學生透過社交網站與我聯絡，不僅是為了表達感激之情，也是為了激勵我繼續編寫初級、中級和高級的課本。順道一提，如果你想幫我編寫更貼近華語母語者需求的教材，歡迎你透過Facebook、Instagram、YouTube或Siali Academy的官網與我聯繫，提出你寶貴的建議！

正因為《學會A1》獲得學生們普遍的好評，我決定遵循《學會A1》的模式編寫《6個月學會義大利語A2》（下文簡稱為《學會A2》）。換句話說，跟《學會A1》一樣，《學會A2》也分為6課。你會再次遇到相同的人物，唯一不同的是，Giacomo和他的妻子Silvia在《學會A2》中，取代了Paolo和Francesca成為主角。如同《學會A1》，這本書也充滿了彩色插圖，幫助你記住新單詞。此外，本書的附錄也會有語法篇、各課生詞表和練習解答。說到練習，精心設計的習題讓你可以在沒有老師輔助的狀況下自學，因為所有的習題都附有中文對照。同樣的，這本書也提供可從Siali Academy官網免費下載的「作業簿」。

我在《學會A2》中引進了一個語法學習的新概念。跟《學會A1》一樣，語法解說力求簡單扼要，例如我拿掉了罕見的語法例外，也刪除了只有語言學家才理解、過於專業的術語。相反的，為了增進你對語法規則的理解，我拍攝了一系列的語法解說影片。實際上，這本書吸引人的地方正是因為它附帶了30部影片。我們與時俱進，大量地運用影片和圖像，打造出一本「現代」的教材。

《學會A1》可搭配兩種幫助你擴充詞彙量和提高聽力技巧的輔助教材，即《6個月聽懂義大利語A1》和《用學習卡學7國語言》。同樣的，這本書也可搭配兩種輔助教材，即《每天10分鐘，聽聽義大利人怎麼說》和《用學習卡學7國語言》。你可以遵循下表善用這些輔助教材，讓義語學習事半功倍。

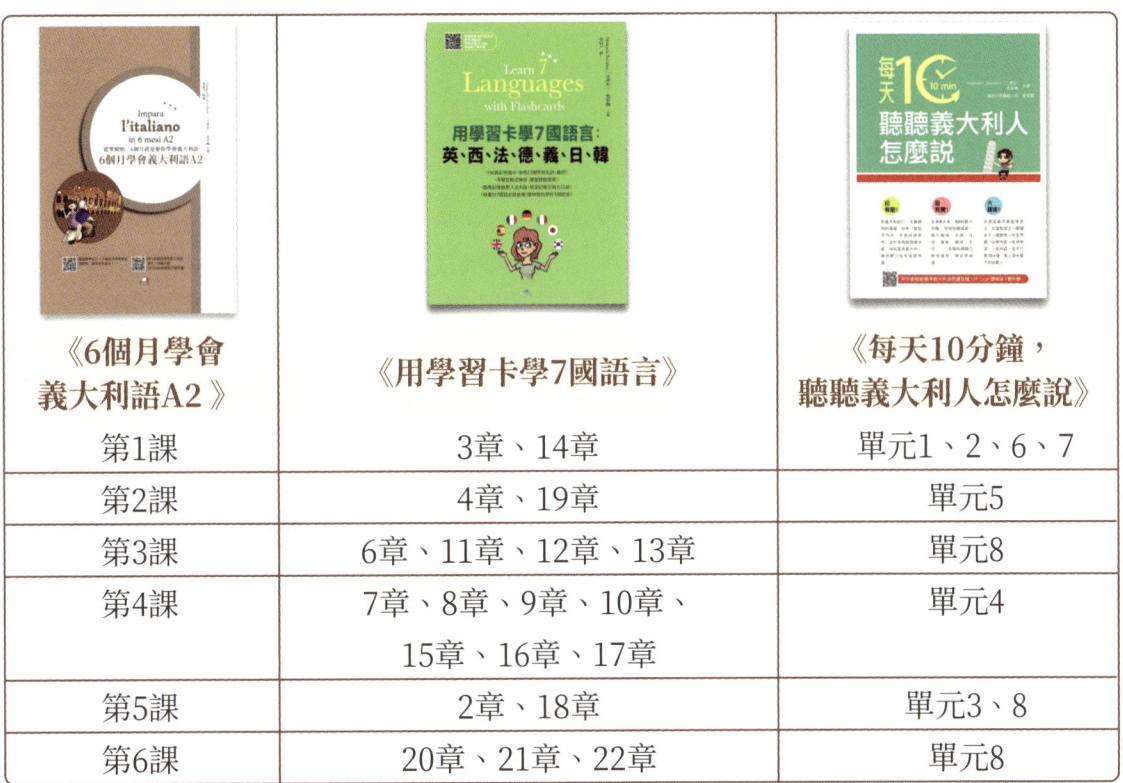

| 《6個月學會義大利語A2》 | 《用學習卡學7國語言》 | 《每天10分鐘，聽聽義大利人怎麼說》 |
|---|---|---|
| 第1課 | 3章、14章 | 單元1、2、6、7 |
| 第2課 | 4章、19章 | 單元5 |
| 第3課 | 6章、11章、12章、13章 | 單元8 |
| 第4課 | 7章、8章、9章、10章、15章、16章、17章 | 單元4 |
| 第5課 | 2章、18章 | 單元3、8 |
| 第6課 | 20章、21章、22章 | 單元8 |

　　最後，《6個月學會義大利語》這系列教材還搭配線上預錄式課程《義大利文跟義大利人一樣簡單》。這個預錄式課程以文化切入，講解義大利語的語法規則，幫助你逐漸擴充詞彙量。

　　非常感謝你選擇了《6個月學會義大利語》這個系列教材學習義大利語！

*Giancarlo Zecchino*

## 如何使用本書

本教材適用於36個小時的課程，每課所需的時間平均為6小時。本教材的語言程度對應歐洲共同語言參考標準（CEFR）的A2等級。

### 掃描音檔QR Code
在開始課程之前，別忘了先拿出手機，掃描書封上的QR Code，就能立即下載書中所有音檔喔！

### 螺旋式編排法
本書將同樣的學習內容以不同的形式重複出現，一方面加深印象，一方面增加學習的趣味性。

### 掃描短片QR Code
別忘了還要掃描書封上的QR Code觀看短片，學習更多元。

### 彩色圖畫
生動活潑的插畫，讓你加深學習印象，記憶更深刻。

### 學習目標欄
每個小單元都有學習重點，讓你在學習前有提綱挈領的全面了解。

### 音檔圖示
取得音檔後，只要看到書中有編號標記音檔的地方，都能找到對應內容的音檔，快來試試吧！

### 幽默風趣的課文
本教材圍繞著Giacomo和他的家人的故事（總共18集）。

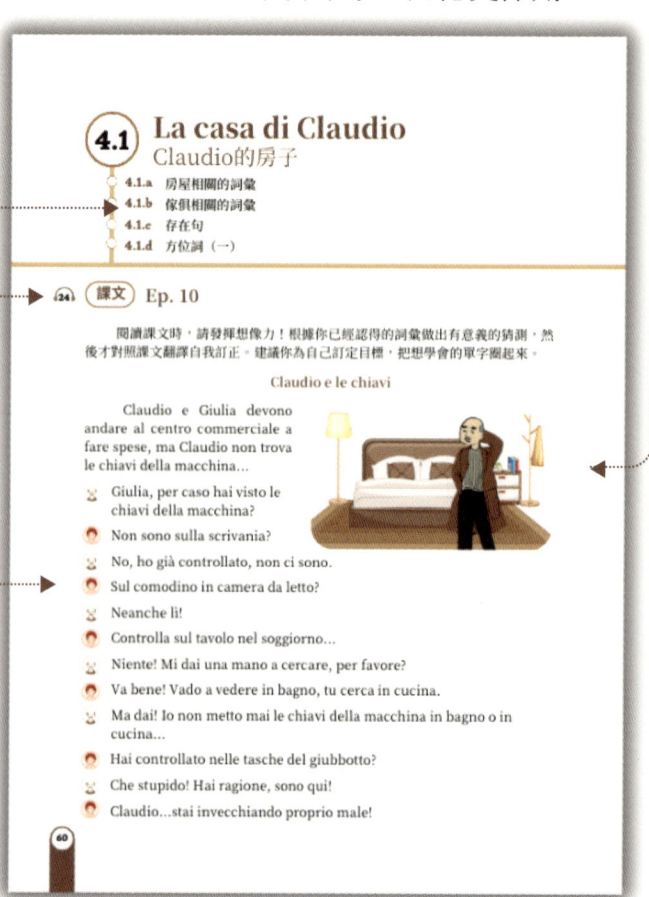

### 旅遊片語
咖啡廳、火車站、旅館、診所、超市、服飾店、郵局、餐廳等情境相關的旅遊片語。

### 簡單扼要的語法解說
有別於其他學習教材滿滿的語法說明，本書只留下最關鍵的語法解說，讓你看到語法不頭痛！

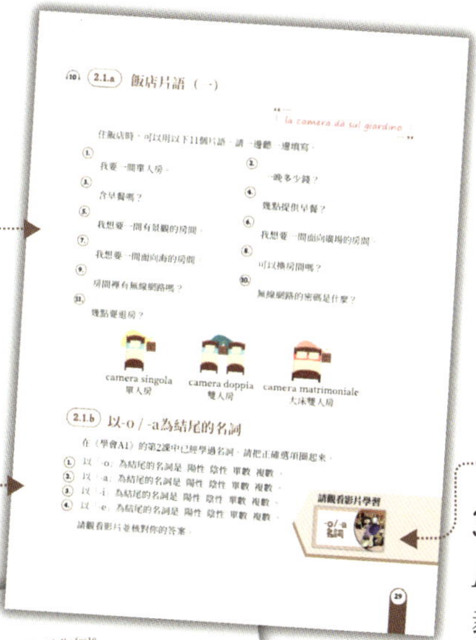

### 語法解說短片
30部解說A1和A2語法規則的教學短片。

### 有文化內涵的短文
文化與語言分不開，透過閱讀練習探索義大利文化，了解義式咖啡、義式料理、義大利人的民族性和風俗習慣（總共11篇文章）。

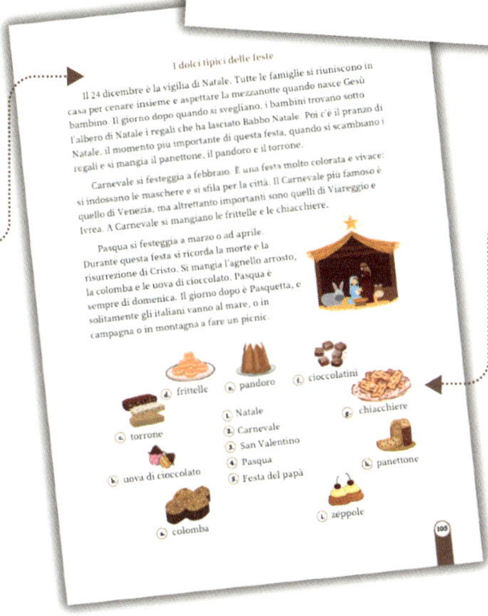

### 主動型的練習
拋開傳統制約式被動學習的主動型練習法，引導學習者透過觀察與分析，推論出問題的答案，培養解決問題的態度與能力。

### 附錄
附錄還有作者整理的「語法篇」、「每課的生詞表」，以及全書「練習題的解答」，好查詢、好複習，是學完義大利語正課最好的輔助學習資料！

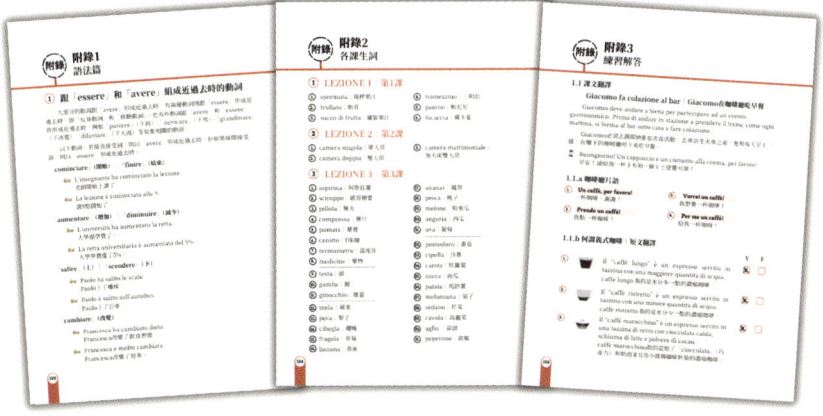

# 目次

作者序 ........................................................... 2

如何使用本書 ................................................... 4

## 第 1 課
### Giacomo fa colazione al bar .......................... 10
Giacomo在咖啡廳吃早餐

**1.1** Un cappuccio, per favore!
一杯卡布，謝謝！

- 咖啡廳的片語
- 何謂義式咖啡
- 義式咖啡須知
- 不定冠詞

**1.2** Cosa ti offro?
我可以招待你什麼呢？

- 請客的片語
- 咖啡廳的餐點
- 直陳式現在時
- 物主形容詞

**1.3** Quand'è il prossimo treno per Siena?
往錫耶納的下一班火車幾點出發？

- 火車站的片語
- 義大利火車須知
- 比較級與最高級
- 直陳式近過去時

## 第 2 課
### Giacomo fa un bagno alle terme ................... 26
Giacomo泡溫泉

**2.1** Ha una prenotazione?
您訂房了嗎？

- 飯店片語（一）
- 以-o / -a為結尾的名詞
- 以-e為結尾的名詞
- 敬語

## 2.2 Com'è la camera?
房間如何呢？

- 飯店片語（二）
- 在飯店客訴
- 形容詞
- 反身動詞

## 2.3 Non ho mai fatto un bagno alle terme
我從來沒有泡過溫泉

- 談論天氣
- 講述過去的人生經驗
- 介系詞「a」
- 介系詞「da」

## 第 3 課
## Silvia fa la spesa ............................................... 42
Silvia買菜

### 3.1 L'aspirina per Luca
給Luca的阿斯匹靈

- 診所的片語
- 藥物相關的詞彙
- 單數定冠詞
- 怎麼在義大利看醫生

### 3.2 Non ne posso più di mangiare fichi!
無花果我吃膩了！

- 水果相關的詞彙
- 蔬菜相關的詞彙
- 複數定冠詞
- 代名詞「ne」

### 3.3 Anche del pecorino per favore!
也請給我一點羊奶乾酪！

- 買菜的片語
- 直接受詞代名詞
- 介系詞「di」
- 縮合介系詞

### 第 4 課
### Claudio fa spese .................................................... 58
Claudio買東西

**4.1** **La casa di Claudio**
Claudio的房子
- 房屋相關的詞彙
- 像俱相關的詞彙
- 存在句
- 方位詞（一）

**4.2** **Quella a righe, grazie!**
條紋的那一件，謝謝！
- 服裝店的片語
- 服裝相關的詞彙
- 情態動詞與代名詞
- 指示形容詞

**4.3** **Un paio di scarpe da ginnastica**
一雙運動鞋
- 鞋店的片語
- 鞋子相關的詞彙
- 配件相關的詞彙
- 條件式

### 第 5 課
### Silvia fa una sorpresa a Giacomo! .................. 76
Silvia給Giacomo驚喜！

**5.1** **Un pacco per Sofia**
給Sofia的包裹
- 郵局的片語
- 介系詞「in」
- 商店相關的詞彙
- 方位詞（二）

**5.2** **Silvia in cucina**
Silvia在廚房
- 命令式
- 命令式與受詞代名詞
- 無人稱結構
- 介系詞「su」、「con」和「per」

## 5.3 Giacomo e Silvia vanno al ristorante
### Giacomo和Silvia去餐廳

- 義大利料理須知
- 餐廳的片語
- 義大利餐廳的類型
- 義大利餐廳的特點

## 第 6 課
## Silvia vuole fare un viaggio! .............................. 98
### Silvia想去旅行！

### 6.1 Ti ricordi il nostro primo viaggio?
你還記得我們的第一次旅行嗎？

- 直陳式未完成時
- 義大利節日和月份
- 義大利節日的習俗
- 不規則的名詞

### 6.2 Perché non venite a Taiwan a trovarmi?
何不來台灣找我呢？

- 休閒活動相關的詞彙
- 義大利人的休閒活動
- 怎麼描述休閒活動
- 邀請、接受或拒絕邀請的用語

### 6.3 Quest'anno verremo in vacanza a Taiwan!
今年我們要去台灣度假！

- 「piacere」動詞
- 間接受詞代名詞
- 直陳式將來時
- 義大利文動詞系統

## 附錄｜Appendice .............................. 118

- 附錄1｜語法篇
- 附錄2｜各課生詞
- 附錄3｜練習解答

# LEZIONE 1
第 1 課

# Giacomo fa colazione al bar
## Giacomo在咖啡廳吃早餐

**1.1　Un cappuccio, per favore!**
一杯卡布，謝謝！
- **1.1.a**　咖啡廳的片語
- **1.1.b**　何謂義式咖啡
- **1.1.c**　義式咖啡須知
- **1.1.d**　不定冠詞

**1.2　Cosa ti offro?**
我可以招待你什麼呢？
- **1.2.a**　請客的片語
- **1.2.b**　咖啡廳的餐點
- **1.2.c**　直陳式現在時
- **1.2.d**　物主形容詞

**1.3　Quand'è il prossimo treno per Siena?**
往錫耶納的下一班火車幾點出發？
- **1.3.a**　火車站的片語
- **1.3.b**　義大利火車須知
- **1.3.c**　比較級與最高級
- **1.3.d**　直陳式近過去時

# 1.1 Un cappuccio, per favore!
## 一杯卡布,謝謝!

- **1.1.a** 咖啡廳的片語
- **1.1.b** 何謂義式咖啡
- **1.1.c** 義式咖啡須知
- **1.1.d** 不定冠詞

### 課文 Ep. 01

閱讀課文時,請發揮想像力!根據你已經認得的詞彙做出有意義的猜測,然後才對照課文翻譯自我訂正。建議你為自己訂定目標,把想學會的單字圈起來。

**Giacomo fa colazione al bar**

Giacomo deve andare a Siena per partecipare ad un evento gastronomico. Prima di andare in stazione a prendere il treno, come ogni mattina, si ferma al bar sotto casa a fare colazione.

Buongiorno! Un cappuccio e un cornetto alla crema, per favore!

## 1.1.a 咖啡廳的片語

" Un cappuccio e un cornetto alla crema *per favore*! "

想要點咖啡，可以用以下4個片語。請一邊聽一邊填寫。

① 一杯咖啡，謝謝！

② 我想要一杯咖啡！

③ 我點一杯咖啡！

④ 給我一杯咖啡！

## 1.1.b 何謂義式咖啡

" un *cappuccio* ... per favore "

「caffè」是「咖啡」的統稱，但是在義大利人的認知中，「caffè」也是「espresso」即「濃縮咖啡」的近義詞。當然所謂的義式咖啡不止「espresso」和「cappuccino」！請你根據隔頁的圖解詞典，找出並修正錯誤的定義。

|  | V | F |
|---|---|---|
| ① Il "caffè lungo" è un espresso servito in tazzina con una maggiore quantità di acqua. | ☐ | ☐ |
| ② Il "caffè ristretto" è un espresso servito in tazzina con una minore quantità di acqua. | ☐ | ☐ |
| ③ Il "caffè marocchino" è un espresso servito in una tazzina di vetro con cioccolata calda, schiuma di latte e polvere di cacao. | ☐ | ☐ |
| ④ Il "caffè con panna" è un espresso servito in tazza con la panna montata. | ☐ | ☐ |
| ⑤ Il "caffè corretto" è un espresso servito in tazza con l'aggiunta di liquore. | ☐ | ☐ |
| ⑥ Il "caffè macchiato" è un espresso servito in tazzina con l'aggiunta di latte caldo. | ☐ | ☐ |
| ⑦ Il "caffè al vetro" è un espresso servito in una tazzina di vetro. | ☐ | ☐ |

⑧. Il "cappuccino", chiamato anche "cappuccio", è un espresso servito in tazza con l'aggiunta di latte caldo e schiuma di latte. ☐ ☐

⑨. Il "caffelatte" è un espresso servito in tazza con l'aggiunta di latte caldo. ☐ ☐

⑩. Il "latte macchiato" è un espresso servito in un bicchiere di vetro con l'aggiunta di latte caldo e schiuma di latte. ☐ ☐

① caffè espresso
濃縮咖啡

② caffè ristretto
水分少一些的濃縮咖啡

③ caffè lungo
水分多一點的濃縮咖啡

④ caffè decaffeinato
低咖啡因濃縮咖啡

⑤ caffè doppio
雙倍濃縮咖啡

⑥ caffè al vetro
玻璃小杯裝的濃縮咖啡

⑦ caffè corretto
加了甜酒的濃縮咖啡

⑧ caffè con panna
佐鮮奶油的濃縮咖啡

⑨ caffè marocchino
加了巧克力和奶泡的濃縮咖啡

⑩ caffè macchiato
加了奶泡的濃縮咖啡

⑪ cappuccino
卡布奇諾

⑫ caffè moka
摩卡咖啡

⑬ caffè shakerato
手搖冰咖啡

⑭ caffè freddo
冰咖啡

⑮ caffelatte
加了咖啡的熱牛奶

⑯ latte macchiato
熱牛奶加濃縮咖啡和奶泡

## 1.1.c 義式咖啡須知

對於義式咖啡文化你了解多少呢？請回答以下的是非題，然後讀一讀下方的短文核對你的答案。閱讀時，不需要把每一個詞翻成中文，因為你的目標只是尋找你所需要的訊息即可！如果有些生詞引起你的興趣，不妨查字典進一步了解怎麼運用，或參考本課的短文翻譯。

|   |   | V | F |
|---|---|---|---|
| 1. | 義大利人只有早餐的時候才喝「cappuccino」。 | ☐ | ☐ |
| 2. | 「caffè moka」指的是含巧克力的咖啡。 | ☐ | ☐ |
| 3. | 義大利人喜歡點「caffè ristretto」因為比「espresso」便宜。 | ☐ | ☐ |
| 4. | 濃縮咖啡的咖啡因含量比美式咖啡高。 | ☐ | ☐ |
| 5. | 「latte」指的是咖啡味不那麼濃的卡布奇諾。 | ☐ | ☐ |

### Sul caffè italiano

Per gli italiani il "cappuccino" è una bevanda da colazione, quindi dopo la colazione non lo ordinano più. Se dopo pranzo vogliono bere un caffè con l'aggiunta di latte, allora ordinano un "macchiato" o un "marocchino". Ma attenzione: con "caffè moka" in Italia si intende il caffè fatto con la moka, quindi se vuoi bere un caffè con l'aggiunta di cioccolata ricorda di ordinare un "marocchino".

Il "caffè espresso", il "caffè ristretto", e il "caffè lungo" hanno tutti lo stesso prezzo, in quanto hanno tutti 8 grammi di polvere di caffè, l'unica differenza è la quantità di acqua. A non pochi italiani piace ordinare il "caffè ristretto" perché ha meno caffeina. Generalmente, l'espresso ha meno caffeina di un caffè americano, perché la quantità di caffeina dipende dal tempo di estrazione.

In Italia "latte" significa 「牛奶」, quindi assolutamente non ordinare un bicchiere di "latte", a meno che tu non voglia bere del latte… Se invece vuoi bere un 「拿鐵」, devi ordinare un "latte macchiato".

## 1.1.d 不定冠詞

"*un cornetto... per favore*"

在《學會A1》的第2課中,已經學過不定冠詞,現在請填寫相關的規則。

1. 「un」搭配 _____ 的名詞。
2. 「una」搭配 _____ 的名詞。
3. 「uno」搭配以 _____ 或 _____ 開頭的陽性名詞。
4. 「un'」搭配以母音開頭的 _____ 名詞。

請觀看影片核對你的答案。

 # Cosa ti offro?
我可以招待你什麼呢？

- **1.2.a** 請客的片語
- **1.2.b** 咖啡廳的餐點
- **1.2.c** 直陳式現在時
- **1.2.d** 物主形容詞

 課文 Ep. 02

閱讀課文時，請發揮想像力！根據你已經認得的詞彙做出有意義的猜測，然後才對照課文翻譯自我訂正。建議你為自己訂定目標，把想學會的單字圈起來。

### Giacomo e la vicina di casa

Mentre Giacomo sta bevendo il cappuccino, entra nel bar Nadia la sua vicina di casa.

- Buongiorno Nadia! Anche tu qui! Come stai?
- Insomma, non c'è male...
- Cosa prendi? Offro io!
- Gentilissimo come sempre! Una spremuta d'arancia e un tramezzino pomodoro e mozzarella.

# 1.2.a 請客的片語

"Cosa prendi?"

想要請客，可以用以下3個片語。請一邊聽一邊填寫。

① _____　② _____　③ _____
我可以招待你什麼呢？　你點什麼呢？　我請客！

如果你跟一位義大利朋友去咖啡廳或餐廳，你想請客，對方一定會欣然接受，因為下一次他也會找機會回請！同樣，如果有義大利朋友想招待你，也請學會欣然接受，不用客氣，因為義大利人不懂華人的禮數！

① 如果你跟一群義大利朋友一起去餐廳，誰要請客呢？
② 如何避開文化差異的地雷呢？
③ 義大利哪個城市的義大利人因小氣而聞名呢？

請閱讀下方短文解答這些問題。閱讀時，不需要把每一個詞翻成中文，因為你的目標只是尋找你所需要的訊息即可！如果有些生詞引起你的興趣，不妨查字典進一步了解怎麼運用，或參考本課的短文翻譯。

### Gli italiani sono generosi?

Gli italiani, soprattutto nel sud d'Italia, sono molto generosi e amano offrire al bar. Ma se si va al bar o in pizzeria in gruppo, solitamente "si fa alla romana", cioè si divide il conto in parti uguali. L'abitudine cinese che uno del gruppo paga per tutti, metterebbe tutti molto a disagio.

Anche in Italia ci sono gli "avari", e i genovesi in particolare sono famosi per avere "le braccia corte". O peggio ancora gli "scrocconi", ovvero delle persone che cercano sempre di approfittare della generosità degli altri.

## 1.2.b 咖啡廳的餐點

> "Una spremuta d'arancia e un tramezzino pomodoro e mozzarella."

請一邊聽一邊填寫。

1. la spremuta
   現榨果汁：
   - 檸檬汁
   - 柳橙汁
   - 葡萄柚汁

2. il succo di frutta
   罐裝果汁：
   - 桃子汁
   - 西洋梨汁
   - 杏桃汁

3. il frullato
   現打果昔：
   - 香蕉果昔
   - 草莓果昔

4. 三明治

5. 帕尼尼

6. 佛卡夏

義大利人早餐吃什麼呢？閱讀時，不需要把每一個詞翻成中文，因為你的目標只是尋找你所需要的訊息即可！如果有些生詞引起你的興趣，不妨查字典進一步了解怎麼運用，或參考本課的短文翻譯。

### La colazione degli italiani

La colazione a casa degli italiani comprende il latte o il caffelatte con i biscotti, o con le fette biscottate con burro e marmellata. I giovani e le ragazze preferiscono lo yogurt, il latte con i cereali, la spremuta d'arancia o i succhi di frutta. Molti italiani fanno colazione al bar: l'abbinamento classico è un cappuccino con un cornetto o una pasta* di altro tipo. E non pochi, infine, la mattina non mangiano niente, e bevono solo un caffè.

---

*「pasta」是義大利麵的統稱，不過也指早餐時吃的甜食。所以如果你早上在咖啡廳聽到一位義大利人說「Per me un cappuccio e una pasta」，不要誤會，他點的不是義大利麵！

## 1.2.c 直陳式現在時

*" Cosa prendi? Offro io! "*

在《學會A1》的第4課中,你已經學過「直陳式現在時」的動詞變化。現在請填寫以下表格。

| comprare 買 | vendere 賣 | offrire 請客 |
|---|---|---|
| compr | vend | offr |
| compr | vend | offr |
| compr | vend | offr |
| compr | vend | offr |
| compr | vend | offr |
| compr | vend | offr |

| giocare 玩 | pagare 付錢 | capire 懂 |
|---|---|---|
| gioc | pag | cap |
| gioc | pag | cap |
| gioc | pag | cap |
| gioc | pag | cap |
| gioc | pag | cap |
| gioc | pag | cap |

請觀看影片核對你的答案,並找出與「直陳式現在時」相關的其他規則。

請觀看影片學習

直陳式現在時 Presente

## 1.2.d 物主形容詞

" *la sua* vicina di casa "

在《學會A1》的第3課中,已經學過物主形容詞。請填寫相關的規則。

1. 「物主形容詞」是跟　　　　　的名詞保持詞性和數量一致,而非跟物主保持一致。

2. 「物主形容詞」前面要加定冠詞。不過,搭配　　　　　　　的物主形容詞之前不用加定冠詞。

請觀看影片核對你的答案,並找出課文中所出現的物主形容詞。

# 1.3 Quand'è il prossimo treno per Siena?
### 往錫耶納的下一班火車幾點出發？

- **1.3.a** 火車站的片語
- **1.3.b** 義大利火車須知
- **1.3.c** 比較級與最高級
- **1.3.d** 直陳式近過去時

## 課文 Ep. 03

閱讀課文時，請發揮想像力！根據你已經認得的詞彙做出有意義的猜測，然後才對照課文翻譯自我訂正。建議你為自己訂定目標，把想學會的單字圈起來。

### Giacomo va a Siena

Giacomo è arrivato in stazione. Ha già comprato il giornale e adesso va in biglietteria a comprare il biglietto del treno.

- Buongiorno! Quand'è il prossimo treno per Siena?
- Alle 9.
- È un diretto?
- No, deve cambiare a Firenze.
- Quanto ci mette?
- Il Frecciarossa arriva a Firenze alle 10:30, poi il Regionale per Siena parte alle 11.
- A che ora arriva a Siena?
- Alle 12:30.
- Va bene! Un biglietto solo andata posto finestrino per favore. Da che binario parte?
- Dal binario 9. Ecco a Lei, arrivederci!

## 1.3.a 火車站的片語

> " Quand'è il prossimo treno per Siena? "

想要搭火車，可以用以下10個片語。請一邊聽一邊填寫。

1. 一張單程票。
2. 一張來回票。
3. 火車很準時。
4. 火車誤點了。
5. 從幾號月臺出發？
6. 幾點出發？
7. 幾點抵達？
8. 要多久？
9. 直達嗎？
10. 旅途愉快！

posto finestrino
靠窗的位子

posto corridoio
靠走道的位子

## 1.3.b 義大利火車須知

> " Il Regionale per Siena parte alle 11. "

義大利有三種列車。它們的特色是什麼呢？請連連看。

1. Frecciarossa
2. Intercity
3. Regionale

a. più economico ma anche più lento e meno frequente
b. il più economico e affollato
c. il più veloce ma anche il più caro

請閱讀短文，核對你的答案。閱讀時，不需要把每一個詞翻成中文，因為你的目標只是尋找你所需要的訊息即可！如果有些生詞引起你的興趣，不妨查字典進一步了解怎麼運用，或參考本課的短文翻譯。

**I treni italiani**

In Italia principalmente ci sono tre tipi di treni. Il Frecciarossa è il più veloce, poi c'è l'Intercity che collega le principali città italiane, e il Regionale che si ferma in tutte le città di una regione.

L'Intercity è più economico del Frecciarossa ma anche più lento e meno frequente. Il Regionale è il più economico, ma anche il più lento e affollato perchè è il treno dei pendolari.

Il Frecciarossa è solitamente in orario, l'Intercity e il Regionale invece sono spesso in ritardo. Se vuoi risparmiare, devi comprare il biglietto del Frecciarossa con alcune settimane di anticipo, e puoi farlo online!

### 1.3.c 比較級與最高級

> *Il Regionale è il più economico.*

在1.3.b的短文中出現了以下這兩個句子。請觀看影片，再完成最高級和比較級的語法公式。

1. Il Frecciarossa è il più veloce.
2. L'Intercity è più economico del Frecciarossa ma anche più lento.

**最高級的結構**　　è +　　　+ più +

- 🚲 La bicicletta è il mezzo di trasporto più ecologico ed economico.
  腳踏車是最環保又便宜的交通工具。

- 🚗 La macchina è il mezzo di trasporto più comodo ma anche più inquinante.
  汽車是最方便卻最污染的交通工具。

**比較級的結構（一）**　　A + è +　　+　　+ di + B

- 🚲 La bicicletta è più ecologica dell'autobus.
  腳踏車比公車環保。

🚌 L'autobus è più economico della metro.
公車比捷運便宜。

**比較級的結構（二）**　　A ➕ è ➕　　　　➕　　　　➕ di ➕ B

🚌 L'autobus è meno veloce della metro.
公車沒有捷運快。

🚗 La macchina è meno pericolosa della moto.
汽車沒有摩托車危險。

**比較級的結構（三）**　　A ➕ è ➕　　　　➕　　　　➕ B

🚋 Il tram è lento come l'autobus.
電車跟公車一樣慢。

✈️ L'aereo è sicuro quanto il treno.
飛機跟火車一樣安全。

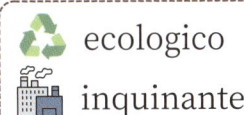 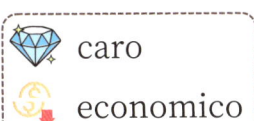  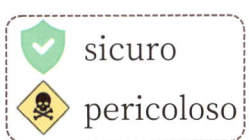

## 1.3.d　直陳式近過去時

" *Giacomo... ha comprato il giornale.* "

請觀看影片並填寫與「直陳式近過去時」相關的語法規則。

① 近過去時描述已經完成了的行動
② 近過去時由「avere」動詞 +　　　　組成
③ 過去分詞的變位：
　　are
　　ere
　　ire

請觀看影片學習
直陳式近過去時
Passato prossimo

④ 兩種動詞用「essere」動詞組成近過去時：


⑤ 位於「essere」動詞後面的過去分詞的行為跟形容詞一樣，要跟主詞保持詞性和數量一致

# LEZIONE 2
## 第 2 課

# Giacomo fa un bagno alle terme
## Giacomo泡溫泉

**2.1** **Ha una prenotazione?**
您訂房了嗎？

- **2.1.a** 飯店片語（一）
- **2.1.b** 以-o / -a為結尾的名詞
- **2.1.c** 以-e為結尾的名詞
- **2.1.d** 敬語

**2.2** **Com'è la camera?**
房間如何呢？

- **2.2.a** 飯店片語（二）
- **2.2.b** 在飯店客訴
- **2.2.c** 形容詞
- **2.2.d** 反身動詞

**2.3** **Non ho mai fatto un bagno alle terme**
我從來沒有泡過溫泉

- **2.3.a** 談論天氣
- **2.3.b** 講述過去的人生經驗
- **2.3.c** 介系詞「a」
- **2.3.d** 介系詞「da」

# 2.1 Ha una prenotazione?
您訂房了嗎？

- **2.1.a** 飯店片語（一）
- **2.1.b** 以-o / -a為結尾的名詞
- **2.1.c** 以-e為結尾的名詞
- **2.1.d** 敬語

**課文** Ep. 04

閱讀課文時，請發揮想像力！根據你已經認得的詞彙做出有意義的猜測，然後才對照課文翻譯自我訂正。建議你為自己訂定目標，把想學會的單字圈起來。

**Giacomo in albergo**

Giacomo è arrivato in albergo.

- Buongiorno! Ha una prenotazione?
- Sì, a nome di Giacomo Porelli.
- Dal 23 al 25, due notti, una camera singola, giusto?
- Esatto!
- Un documento per favore. La camera 301 dà sul giardino, va bene?
- Sì grazie! Ho proprio bisogno di una camera silenziosa e luminosa!
- La colazione è dalle 8 alle 10 nel ristorante al primo piano.
- Scusi, la piscina e il centro benessere fino a che ora sono aperti?

## 2.1.a 飯店片語（一）

*" la camera dà sul giardino "*

住飯店時，可以用以下11個片語。請一邊聽一邊填寫。

1. 我要一間單人房。
2. 一晚多少錢？
3. 含早餐嗎？
4. 幾點提供早餐？
5. 我想要一間有景觀的房間。
6. 我想要一間面向廣場的房間。
7. 我想要一間面向海的房間。
8. 可以換房間嗎？
9. 房間裡有無線網路嗎？
10. 無線網路的密碼是什麼？
11. 幾點要退房？

camera singola
單人房

camera doppia
雙人房

camera matrimoniale
大床雙人房

## 2.1.b 以 -o / -a 為結尾的名詞

在《學會A1》的第2課中已經學過名詞，現在請把正確選項圈起來。

1. 以「-o」為結尾的名詞是 陽性 陰性 單數 複數 。
2. 以「-a」為結尾的名詞是 陽性 陰性 單數 複數 。
3. 以「-i」為結尾的名詞是 陽性 陰性 單數 複數 。
4. 以「-e」為結尾的名詞是 陽性 陰性 單數 複數 。

請觀看影片並核對你的答案。

請觀看影片學習
-o/-a 名詞

## 2.1.c 以-e為結尾的名詞

在《學會A1》的第2課中已經學過名詞,現在請把正確選項圈起來。

1. 以「-e」為結尾的名詞是 單數 複數 。
2. 以「-i」為結尾的名詞是 單數 複數 。
3. 隨和組的名詞大都是 陽性 陰性 。

請觀看影片並核對你的答案。

## 2.1.d 敬語

" *Ha* una prenotazione? "

請你對照這兩個句子:

1. <u>Scusi, sa</u> che ore sono?
   請問,您知道現在幾點嗎?
2. <u>Scusa, sai</u> che ore sono?
   請問,你知道現在幾點嗎?

   第一個句子是敬語。面對地位比我們高的人或跟陌生人交談,不能說「scusa」,而要用「scusi」。此外,為了表示尊敬,不能用動詞的第二人稱,而是要用動詞的第三人稱。例如,祕書會問老闆「Vuole un caffè?」(您想要一杯咖啡嗎?);但是同一位祕書會問同事「Vuoi un caffè?」(你想要一杯咖啡嗎?)。

| sapere | 知道 |
|---|---|
| so | |
| sai | |
| sa | |

| volere | 想要 |
|---|---|
| voglio | |
| vuoi | |
| vuole | |

## 2.2 Com'è la camera?
### 房間如何呢？

- **2.2.a** 飯店片語（二）
- **2.2.b** 在飯店客訴
- **2.2.c** 形容詞
- **2.2.d** 反身動詞

**課文** Ep. 05

閱讀課文時，請發揮想像力！根據你已經認得的詞彙做出有意義的猜測，然後才對照課文翻譯自我訂正。建議你為自己訂定目標，把想學會的單字圈起來。

### Giacomo e la camera d'albergo

Giacomo entra in camera e telefona alla moglie.

- Pronto?
- Sono io! Sono in albergo.
- Com'è la camera?
- Favolosa: grande, luminosa, pulita, con vista sul giardino.
- Come ti invidio!
- L'albergo è moderno: oltre al giardino, c'è la piscina, la palestra e addirittura il centro benessere.
- Accipicchia!
- Fra un po' mi cambio e scendo giù a rilassarmi un po'!

👩 Sei stanco?

👨 A dire la verità no, però mi vorrei fare una doccia, ma accidenti… non c'è l'acqua calda! Scusa un attimo che chiamo alla reception.

👩 Reception, come posso aiutarLa?

👨 Chiamo dalla camera 301. Scusi, c'è un problema: non c'è l'acqua calda.

👩 Ci scusiamo per il disagio. Mandiamo immediatamente qualcuno a controllare.

## 12  2.2.a  飯店片語（二）

*"C'è un problema: non c'è l'acqua calda."*

住飯店時，可以用以下12個片語反應問題。請一邊聽一邊填寫。

1. _____  沒有熱水。
2. _____  沒有毛巾。
3. _____  有食物的臭味。
4. _____  有菸味。
5. _____  房間很髒。
6. _____  房間很亂。
7. _____  冷氣壞了。
8. _____  暖氣壞了。
9. _____  電視機壞了。
10. _____ 電風扇壞了。
11. _____ 吹風機壞了。
12. _____ 門把壞了。

## 2.2.b 在飯店客訴

> *grande, luminosa, pulita...*

Giacomo對房間非常滿意。他用「grande｜寬敞」、「luminosa｜明亮」和「pulita｜乾淨」這三個形容詞描述房間給老婆聽。現在，請一邊聽一邊閱讀對話，解答以下三個問題以及填寫表格。

1. 賓客對房間不滿意。為什麼？

2. 對話中，你看到了哪些可以用來描述房間的形容詞呢？

3. 賓客想換房間。他怎麼提出請求？

— Mi scusi tanto, ma la camera non mi piace. È piccola e rumorosa per via della strada. Posso cambiare camera?

— Vorrei aiutarLa, ma purtroppo stasera sono tutte occupate. Però domani si libera una camera con vista sul cortile interno. Molto più tranquilla!

— Va bene, posso aspettare fino a domani.

| luminosa 明亮的 | buia 黑暗的 |
|---|---|
| pulita 乾淨的 | sporca 髒的 |
| grande 大的 | 小的 |
| rumorosa 吵的 | 安靜的 |

## 2.2.c 形容詞

> *l'acqua calda*

形容詞跟它們所修飾的名詞保持詞性和數量一致。形容詞就像一個沒有個性和主見、很容易受到旁人影響的人。例如，如果形容詞搭配單數名詞，形容詞的結尾也會變成單數的；同樣的，形容詞若搭配複數名詞，結尾就會變成複數的。

在《學會A1》的第3課中，你已經學過形容詞。現在請填寫以下表格，然後觀看影片核對你的答案。

|  | -o / -a 結尾<br>（機車組） | -e 結尾<br>（隨合組） |
|---|---|---|
|  | 陽性　　陰性 |  |
| 單數 | -o　　-a | -e |
| 複數 |  |  |

請觀看影片學習

形容詞
Aggettivi

## 2.2.d　反身動詞

"Adesso mi cambio e scendo giù a rilassarmi un po'!"

在以上句子中出現兩個反身動詞：「cambiarsi」（換衣服）和「rilassarsi」（放鬆）。

在《學會A1》的第4課中，你已經學過義大利語的反身動詞。現在請填寫與它們相關的規則，然後觀看影片核對你的答案。

① 「反身動詞」指的是在　　　　　造成變化的行動。
② 「反身動詞」　　　　要加「反身代名詞」。
③ 「反身代名詞」有mi、　　　、si、　　　、vi、si。

請觀看影片學習

反身動詞
Riflessivi

## 2.3 Non ho mai fatto un bagno alle terme
### 我從來沒有泡過溫泉

- **2.3.a** 談論天氣
- **2.3.b** 講述過去的人生經驗
- **2.3.c** 介系詞「a」
- **2.3.d** 介系詞「da」

---

**課文** Ep. 06

閱讀課文時，請發揮想像力！根據你已經認得的詞彙做出有意義的猜測，然後才對照課文翻譯自我訂正。建議你為自己訂定目標，把想學會的單字圈起來。

### Giacomo va alle terme

- Pronto?
- Ciao Giacomo, sono la mamma! Come stai?
- Non c'è male! Oggi sono a Firenze per lavoro.
- Che tempo fa lì*?
- Qui oggi fa bel tempo, c'è il sole.
- Come ti invidio! Qui invece è nuvoloso e c'è vento. Quando torni a Roma? Domani?
- No, domani vado a Saturnia a fare un bagno alle terme. Ci[#] sei mai stata?
- Purtroppo no! E ora che ci penso, non ho mai fatto un bagno alle terme...

---

\* 「lì」那裡 /「qui」這裡
[#] 處所代名詞「ci」替代前面所出現的場所

## 2.3.a 談論天氣

> "È nuvoloso e c'è vento."

想要知道天氣如何，義大利人會問「Che tempo fa?」。天氣好就說「Fa bel tempo!」，天氣很差就說「Fa brutto tempo!」。請一邊聽一邊填寫以下片語。

1. 天氣很冷！
2. 天氣很熱！
3. 出太陽！
4. 颱風！
5. 有40度！
6. 多雲！
7. 下雪！
8. 下雨！

## 2.3.b 講述過去的人生經驗

> "Non ho mai fatto un bagno alle terme..."

台灣人很喜歡問外國人：「你吃過臭豆腐嗎？」想知道對方是否有過某種體驗，中文會在動詞後面加「過」這個時態小品詞來表示，義大利文則會用「助動詞 + mai + 過去分詞？」來表示，例如：

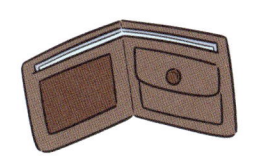

1. Hai mai perso il portafoglio?
你丟過錢包嗎？

2. Hai mai visto l'Opera al teatro?
你在劇場看過歌劇嗎？

3. Ti sei mai innamorato?
你談過戀愛嗎？

4. Sei mai andato a cavallo?
你騎過馬嗎？

## 2.3.c 介系詞「a」

" Domani vado a Saturnia. "

在《學會A1》的第4課中，你已經學過義大利語的介系詞總共有11個：「di、a、da、in、con、su、per、tra、fra、sopra、sotto」。請觀看影片並填寫與介系詞「a」相關的規則。

請觀看影片學習
介系詞 a

1. a + 

  a Roma
  a Firenze
  a Venezia 
  a Milano
  a Napoli

Giacomo vive a Roma.
Giacomo住在羅馬。

2. a + 

  a Cuba    a Taiwan

Giancarlo vive a Taiwan.
Giancarlo住在台灣。

③ **a + 原形動詞**

Stasera andiamo **a** ballare?
今晚我們去跳舞吧？

④ **a +** 

Il Capodanno cinese solitamente è **a** febbraio.
春節通常是在二月份。

⑤ **a +** 

Domani andiamo **al** cinema?
明天我們去電影院吧？

「a」與場所所搭配的定冠詞結合，例如：

| | |
|---|---|
| il bar | a **+** il bar **=** al bar |
| il ristorante | a **+** il ristorante **=** al ristorante |
| l'ospedale | a **+** l'ospedale **=** all'ospedale |
| lo stadio | a **+** lo stadio **=** allo stadio |

例外：a scuola、a teatro、a casa、a letto

⑥ **a +** 

Mi piace il gelato **al** pistacchio.
我喜歡開心果口味的冰淇淋。

| | |
|---|---|
| il pistacchio | a **+** il pistacchio **=** al pistacchio |
| la fragola | a **+** la fragola **=** alla fragola |

⑦ **a + 明確時間**

Facciamo **alle** 6?
我們約6點嗎？

「a」的縮合介系詞

| | il | lo | la | i | gli | le | l' |
|---|---|---|---|---|---|---|---|
| a | | | | | | | |

## 2.3.d 介系詞「da」

在《學會A1》的第4課中,你已經學過義大利語的介系詞。請觀看影片並填寫與介系詞「da」相關的規則。

**請觀看影片學習**
介系詞 da

① **da +**

Studio l'italiano **da** un anno.
我學義大利文一年了。

② **da等同中文的「從」**

Parte **da** Roma alle 3 e arriva a Napoli alle 6.
火車3點從羅馬出發,6點到達拿坡里。

③ **da等同中文的「離」**

La scuola è lontana **da** qui.
學校離這裡很遠。

④ **da** +

Vado a cena **da** Paolo stasera.
今晚我去Paolo那裡吃晚餐。

⑤ **da** +

Sabato vado **dalla** parrucchiera a farmi il colore.
星期六我去美髮師那裡染頭髮。

「da」與職業所搭配的定冠詞結合，例如：

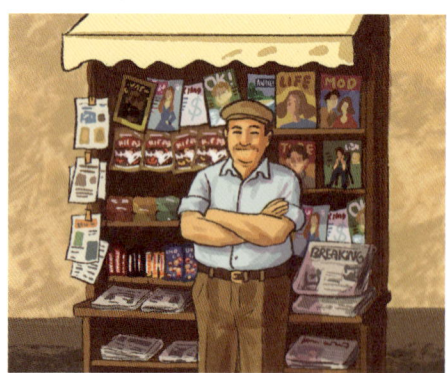

il giornalaio　　da + il giornalaio = dal giornalaio

il fioraio　　da + il fioraio = dal fioraio

🔊 il fruttivendolo    da + il fruttivendolo = dal fruttivendolo

🔊 il macellaio    da + il macellaio = dal macellaio

🔊 il salumiere    da + il salumiere = dal salumiere

「da」的縮合介系詞

|    | il | lo | la | i | gli | le | l' |
|----|----|----|----|----|----|----|----|
| da |    |    |    |    |    |    |    |

# LEZIONE 3
第 3 課

# Silvia fa la spesa
## Silvia買菜

**3.1 L'aspirina per Luca**
給Luca的阿斯匹靈

- 3.1.a 診所的片語
- 3.1.b 藥物相關的詞彙
- 3.1.c 單數定冠詞
- 3.1.d 怎麼在義大利看醫生

**3.2 Non ne posso più di mangiare fichi!**
無花果我吃膩了！

- 3.2.a 水果相關的詞彙
- 3.2.b 蔬菜相關的詞彙
- 3.2.c 複數定冠詞
- 3.2.d 代名詞「ne」

**3.3 Anche del pecorino per favore!**
也請給我一點羊奶乾酪！

- 3.3.a 買菜的片語
- 3.3.b 直接受詞代名詞
- 3.3.c 介系詞「di」
- 3.3.d 縮合介系詞

# 3.1 L'aspirina per Luca
## 給Luca的阿斯匹靈

- **3.1.a** 診所的片語
- **3.1.b** 藥物相關的詞彙
- **3.1.c** 單數定冠詞
- **3.1.d** 怎麼在義大利看醫生

**課文** Ep. 07

閱讀課文時，請發揮想像力！根據你已經認得的詞彙做出有意義的猜測，然後才對照課文翻譯自我訂正。建議你為自己訂定目標，把想學會的單字圈起來。

**Silvia va dal dottore**

- Buongiorno dottore!
- Ciao Silvia! Tutto bene?
- Se sono qui…
- Hai ragione! Che succede?
- Luca non sta bene.
- Mi dispiace. Come si sente?
- Ha 37 di febbre, il mal di gola e il naso chiuso.
- Sono i sintomi tipici dell'influenza. Ha anche la tosse?
- Sì, ha una brutta tosse.
- Dagli questa aspirina tre volte al giorno dopo i pasti, e questo sciroppo per la tosse.

## 3.1.a 診所的片語

> "Ha una brutta tosse."

在診所時，可以用以下7個片語。請一邊聽一邊填寫。

1. 我不舒服。

2. 我發燒37 / 38 / 39度。

3. 我咳嗽得很厲害。

4. 我頭痛得很厲害。

5. 我牙痛得很厲害。

6. 我有輕微的感冒。

7. Mi fa male* la pancia.
   我肚子很痛。

---

* 「Mi fa male + 身體部位」，例如「Mi fa male la gamba！│我腿很痛！」、「Mi fa male la testa！│我頭很痛！」、「Mi fa male il ginocchio！│我膝蓋很痛！」。

## 3.1.b 藥物相關的詞彙

> *Dagli questa aspirina tre volte al giorno.*

請根據以下翻譯填寫圖解詞典，並搭配正確的定冠詞。

藥膏｜pomata、OK繃｜cerotto、藥丸｜pillola、感冒糖漿｜sciroppo、阿斯匹靈｜aspirina、藥片｜compressa、藥物｜medicine、溫度計｜termometro

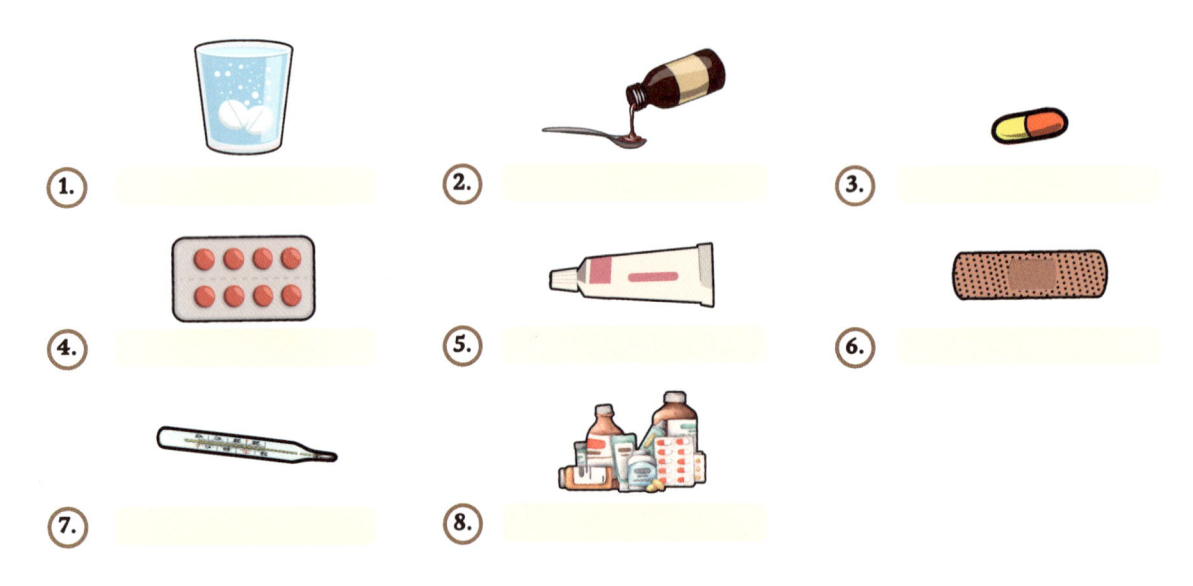

1. _____
2. _____
3. _____
4. _____
5. _____
6. _____
7. _____
8. _____

## 3.1.c 單數定冠詞

> *Ha anche la tosse?*

在《學會A1》的第2課中，你已經學過定冠詞。現在請填寫相關的規則。

1. 「la」搭配 _____ 單數的名詞
2. 「il」搭配 _____ 單數的名詞
3. 「lo」搭配以 _____ 或 _____ 開頭的陽性單數名詞
4. 「l'」搭配以 _____ 開頭的單數名詞

請觀看影片並核對你的答案。

**請觀看影片學習**
單數定冠詞

## 3.1.d 怎麼在義大利看醫生

想瞭解怎麼在義大利看醫生嗎？例如，怎麼掛號或怎麼買藥？請先參考生詞表再閱讀以下短文，最後對照中文翻譯來確認是否真的看懂了。

1. registrarsi
   掛號
2. prescrivere le medicine
   開藥
3. ambulatorio
   診所
4. acquistare
   購買
5. senza
   無
6. ricetta
   處方箋

### In Italia dal medico

In Italia quando si va dal medico non c'è bisogno di **registrarsi**, bisogna solo fare la fila ed aspettare il proprio turno. Alla fine della visita il medico **prescrive le medicine** da prendere, quante volte al giorno, quando, e per quanto tempo.

Le medicine non si comprano in **ambulatorio** o in ospedale, ma in farmacia. Ci sono due tipi di medicine, quelle che possono essere **acquistate** "**senza** ricetta medica", e quelle per cui è necessario dare al farmacista la "**ricetta**" compilata dal medico.

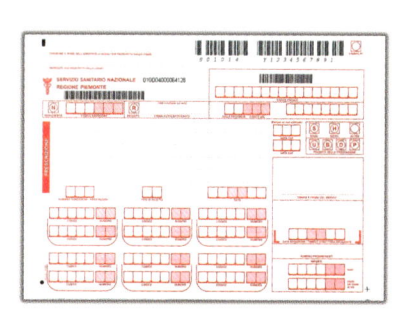

## 3.2 Non ne posso più di mangiare fichi!
無花果我吃膩了!

- **3.2.a** 水果相關的詞彙
- **3.2.b** 蔬菜相關的詞彙
- **3.2.c** 複數定冠詞
- **3.2.d** 代名詞「ne」

### 課文 Ep. 08

閱讀課文時,請發揮想像力!根據你已經認得的詞彙做出有意義的猜測,然後才對照課文翻譯自我訂正。建議你為自己訂定目標,把想學會的單字圈起來。

**Silvia va dal fruttivendolo**

Silvia deve fare la spesa*. Prima va dal fruttivendolo, e poi in salumeria.

- Buongiorno! Prego!
- Un chilo e mezzo di pomodori e mezzo chilo di cipolle, per favore!
- Qualcos'altro?
- Sì, vorrei dei peperoni.
- Li vuole gialli o rossi?
- Misti.
- Quanti ne vuole?
- Un chilo… e vorrei anche della frutta, ma non so cosa prendere…

---

*「fare la spesa」買菜 vs「fare spese」購物

😊 Ho delle pesche molto buone, oppure dei meloni dolcissimi, o dei fichi freschissimi*!

😊 No, non ne posso più di mangiare fichi! Quanto viene l'uva?

😊 2 euro al chilo.

😊 Va bene, ne prendo mezzo chilo.

😊 Basta così?

😊 Sì grazie, quant'è?

## 3.2.a 水果相關的詞彙

"*Vorrei anche della frutta.*"

請根據以下翻譯填寫圖解詞典，並搭配正確的單數的定冠詞。

哈密瓜 | melone、蘋果 | mela、草莓 | fragola、桃子 | pesca、
西瓜 | anguria、鳳梨 | ananas、葡萄 | uva、香蕉 | banana、
西洋梨 | pera、櫻桃 | ciliegia

1. la mela
2. 
3. 
4. 
5. 
6. 
7. 
8. 
9. 
10. 

---

*後綴「-issimi」有「molto」，即「非常」的意思，例如：
「dolcissimi」=「molto dolci」非常甜的
「freschissimi」=「molto freschi」非常新鮮的

49

## 3.2.b 蔬菜相關的詞彙

> " Vorrei dei *peperoni*. "

請根據以下翻譯填寫圖解詞典,並搭配正確的單數的定冠詞。

甜椒 | peperone、馬鈴薯 | patata、南瓜 | zucca、紅蘿蔔 | carota、茄子 | melanzana、番茄 | pomodoro、洋蔥 | cipolla、高麗菜 | cavolo、蒜頭 | aglio、芹菜 | sedano

1. la zucca
2. 
3. 
4. 
5. 
6. 
7. 
8. 
9. 
10. 

## 3.2.c 複數定冠詞

到現在為止,你練習使用單數的定冠詞。不過,在《學會A1》的第2課中,你也已經學過複數的定冠詞。現在請填寫相關的規則,然後觀看影片並核對你的答案。

1. 「le」搭配 _____ 的名詞。
2. 「i」搭配 _____ 的名詞。
3. 「gli」搭配以 _____、_____、_____ 開頭的陽性複數名詞。

請觀看影片學習
**複數定冠詞**

## 3.2.d 代名詞「ne」

> " *Ne* prendo mezzo chilo. "

代名詞「ne」算是義大利語的一個學習難點。這個代名詞經常代替跟數量有關的受詞,例如:

Vuole comprare anche delle **cipolle**?
您也想要買洋蔥嗎？

Sì, **ne** prendo mezzo chilo.
要，我買半公斤。

回答問題的人為了避免重複「cipolle」，使用了代名詞「ne」來代替「cipolle」。他不想買下蔬菜攤的所有洋蔥，只想買一部分。

此外，代名詞「ne」也出現在許多慣用語中。以下是最常見的幾個：

1. Ne vale la pena!
很值得！

2. Che ne dici? | Che ne pensi?
你說呢？| 你覺得呢？

3. Me ne vado!
我要走了！

4. Non ne posso più!
我受夠了！

5. Non ne so niente!
我什麼都不曉得！

6. Che ne so?
我哪知道？

7. Non ne sono sicuro!
Non ne sono certo!
我不確定！

8. Ne parliamo più tardi!
再說吧！

請觀看影片學習
代名詞 ne

請用以上慣用語完成下列4個簡短的對話。

1. Ma Sara è solo ingrassata o è incinta?
　　　　　　　　　　？

2. Dove vai in vacanza quest'estate?
Vado sulla Costa Smeralda in Sardegna. È molto caro, ma 　　　　　　　　！

3. Mi puoi spiegare cosa sta succedendo?
Non adesso, 　　　　　　　　.

4. Benvenuto Paolo, accomodati!
Ma avete invitato anche la mia ex? 　　　　　　　　！

51

## 3.3 Anche del pecorino per favore!
### 也請給我一點羊奶乾酪！

- **3.3.a** 買菜的片語
- **3.3.b** 直接受詞代名詞
- **3.3.c** 介系詞「di」
- **3.3.d** 縮合介系詞

**課文** Ep. 09

閱讀課文時，請發揮想像力！根據你已經認得的詞彙做出有意義的猜測，然後才對照課文翻譯自我訂正。建議你為自己訂定目標，把想學會的單字圈起來。

**Silvia va in salumeria**

Silvia va in salumeria.
- Fate anche i panini?
- Sì! Quanti ne vuole?
- Ne prendo uno solo con la mortadella, perché la mangio raramente.
- Qualcos'altro?
- Mi dia anche del pecorino, per favore.
- Lo vuole fresco o stagionato?
- Stagionato. E anche due mozzarelle e due etti di gorgonzola.
- Il gorgonzola dolce o piccante?

## 3.3.a 買菜的片語

"Qualcos'altro?"

在菜市場時，可以用以下10個片語。請一邊聽一邊填寫。

1. 想要一公斤的蘋果。

2. 想要兩公斤的蘋果。

3. 想要半公斤的草莓。

4. 想要一百公克的帕馬森起司。

5. 想要兩百公克的帕馬森起司。

6. 多少錢？（搭配單數名詞）

7. 多少錢？（搭配複數名詞）

8. 總共多少錢？

9. 還要別的嗎？

10. 這樣就可以了！

## 3.3.b 直接受詞代名詞

*"Lo vuole fresco o stagionato?"*

除了你已經熟悉的主詞代名詞「io、tu、lui、lei、noi、voi、loro」和反身代名詞「mi、ti、si、ci、vi、si」之外，義大利語也有直接受詞代名詞。這些代名詞的形式和用法是什麼呢？請觀看影片並填寫語法規則。

1. 直接受詞代名詞「lo」替代 ＿＿＿＿＿ 的名詞
2. 直接受詞代名詞「la」替代 ＿＿＿＿＿ 的名詞
3. 直接受詞代名詞「li」替代 ＿＿＿＿＿ 的名詞
4. 直接受詞代名詞「le」替代 ＿＿＿＿＿ 的名詞

請觀看影片學習
**直接受詞代名詞**

**受詞代名詞與直陳式近過去時**

- 如果「avere」動詞前面有受詞代名詞，過去分詞要跟受詞代名詞保持詞性和數量一致。

- 單數受詞代名詞「lo」和「la」遇到「avere」動詞，要縮成「l'」。

## 3.3.c 介系詞「di」

*"Due etti di gorgonzola."*

介系詞「di」往往相當於中文的「的」。例如：

Giacomo　　Paolo

1. Giacomo è il fratello **di** Paolo.
   Giacomo是Paolo**的**哥哥。

2. Il lavoro **di** Giacomo è faticoso.
   Giacomo**的**工作很辛苦。

但是介系詞「di」遇到位於名詞前面的定冠詞「il、lo、la、i、gli、le、l'」，就會彼此融合，形成縮合介系詞「del、dello、della、dei、degli、delle、dell'」。這時候它的意思相當於中文的「一些」，即表示一個不明確的數量，例如：

**請觀看影片學習**

介系詞 di

🏛 Ho **dei** meloni dolcissimi.
　　di **+** i meloni **=** dei meloni
　我有一些非常甜的哈密瓜。

🏛 Vorrei comprare **delle** pesche.
　　di **+** le pesche **=** delle pesche
　我想買一些桃子。

🏛 Mi dia anche **del** pecorino, per favore.
　　di **+** il pecorino **=** del pecorino
　也請給我一些羊奶乾酪。

此外，介系詞「di」也出現在以下常見的句型：

**①** **essere di** + 城市

　Sono **di** Roma, e tu?
　我來自羅馬，你呢？

**②** **finire di** + 原形動詞

　Quando hai finito **di** fare i compiti, puoi giocare ai videogiochi.
　完成作業後，你可以玩電子遊戲。

③ **decidere di** + 原形動詞
Ho deciso di trasferirmi a Firenze.
我決定搬到佛羅倫斯。

④ **pensare di** + 原形動詞
Sto pensando di cambiare lavoro.
我正在考慮換工作。

⑤ **cercare di** + 原形動詞
Cerca di mangiare meglio e fare più sport!
嘗試吃得更好，多運動！

⑥ **smettere di** + 原形動詞
Ho smesso di fumare.
我戒菸了。

## 3.3.d 縮合介系詞

"*Mi dia anche del pecorino.*"

在第2課的2.3.c和2.3.d中，你已經學到介系詞「a」和「da」會跟定冠詞「il、lo、la、i、gli、le、l'」彼此融合。同樣，在本課的3.3.c，你也學到介系詞「di」也有類似的行為。其實除了介系詞「di」、「a」和「da」，「in」和「su」遇到定冠詞也會形成縮合介系詞。請完成以下「縮合介系詞」的表格。

|    | il | lo | la | i | gli | le | l' |
|----|----|----|----|----|-----|----|----|
| **di** |  | dello | della |  | degli |  |  |
| **a**  |  |  | alla | ai | agli |  |  |
| **da** |  | dallo |  | dai | dagli | dalle | dall' |
| **in** |  | nello | nella | nei | negli | nelle |  |
| **su** |  | sullo | sulla | sui | sugli | sulle |  |

# LEZIONE 4
第 4 課

# Claudio fa spese
## Claudio買東西

**4.1** **La casa di Claudio**
Claudio的房子

- 4.1.a　房屋相關的詞彙
- 4.1.b　傢俱相關的詞彙
- 4.1.c　存在句
- 4.1.d　方位詞（一）

**4.2** **Quella a righe, grazie!**
條紋的那一件，謝謝！

- 4.2.a　服裝店的片語
- 4.2.b　服裝相關的詞彙
- 4.2.c　情態動詞與代名詞
- 4.2.d　指示形容詞

**4.3** **Un paio di scarpe da ginnastica**
一雙運動鞋

- 4.3.a　鞋店的片語
- 4.3.b　鞋子相關的詞彙
- 4.3.c　配件相關的詞彙
- 4.3.d　條件式

# 4.1 La casa di Claudio
## Claudio的房子

- **4.1.a** 房屋相關的詞彙
- **4.1.b** 傢俱相關的詞彙
- **4.1.c** 存在句
- **4.1.d** 方位詞（一）

**課文** Ep. 10

閱讀課文時，請發揮想像力！根據你已經認得的詞彙做出有意義的猜測，然後才對照課文翻譯自我訂正。建議你為自己訂定目標，把想學會的單字圈起來。

### Claudio e le chiavi

Claudio e Giulia devono andare al centro commerciale a fare spese, ma Claudio non trova le chiavi della macchina...

- Giulia, per caso hai visto le chiavi della macchina?
- Non sono sulla scrivania?
- No, ho già controllato, non ci sono.
- Sul comodino in camera da letto?
- Neanche lì!
- Controlla sul tavolo nel soggiorno...
- Niente! Mi dai una mano a cercare, per favore?
- Va bene! Vado a vedere in bagno, tu cerca in cucina.
- Ma dai! Io non metto mai le chiavi della macchina in bagno o in cucina...
- Hai controllato nelle tasche del giubbotto?
- Che stupido! Hai ragione, sono qui!
- Claudio... stai invecchiando proprio male!

## 4.1.a 房屋相關的詞彙

> " Io non metto mai le chiavi della macchina in bagno o in cucina... "

Claudio和Giulia在房子的所有房間找汽車的鑰匙。請根據以下翻譯填寫圖解詞典，並搭配適當的定冠詞。

廚房｜cucina、書房｜studio、客廳｜soggiorno、洗手間｜bagno、臥室｜camera da letto、花園｜giardino

1. la cucina
2. 
3. 
4. 
5. 
6. 

## 4.1.b 傢俱相關的詞彙

> " Non sono sulla scrivania? "

Claudio和Giulia找鑰匙的時候，提到一些傢俱，如「scrivania」、「comodino」、「tavolo」。請根據以下翻譯填寫圖解詞典，並搭配適當的定冠詞。

椅子｜sedia、書櫃｜libreria、衣櫃｜armadio、檯燈｜lampada、書桌｜scrivania、單人沙發｜poltrona、抽屜櫃｜cassettiera、茶几｜tavolino、床頭櫃｜comodino、沙發｜divano、桌子｜tavolo、床｜letto

1. *il letto*
2. 
3. 
4. 
5. 
6. 
7. 
8. 
9. 
10. 
11. 
12. 

## 4.1.c 存在句

> *Ho già controllato, non ci sono.*

請你觀看影片，填寫與「存在句」相關的語法規則。

1. 「c'è」後面的第一個名詞必須是 _____，
   「ci sono」後面的 _____ 必須是複數名詞。

2. 想表達「沒有」的意思，只要在「c'è」
   和「ci sono」前面加否定副詞 _____ 。

**請觀看影片學習**

存在句

» Sotto il tavolino **c'è** un gatto e un tappeto.

» Sotto la scrivania **ci sono** tre cani, un cestino e una presa elettrica.

» Nella cameretta **c'è** un comodino, una scrivania, una libreria e un letto.

» Nell'armadio **ci sono** le magliette, i maglioni, i pantaloni e le borse.

» Nel soggiorno **c'è** un tavolino, un divano, un tappeto, e un televisore.

» Nel frigo **ci sono** le uova, le carote, le banane, le mele, un pesce e un tacchino.

» Nel bagno **c'è** un gabinetto, una vasca da bagno, un lavabo e uno specchio.

» Sul comodino **ci sono** due creme, una lampada, una sveglia e una pianta.

## 4.1.d 方位詞（一）

"*Controlla **sul** tavolo **nel** soggiorno...*"

請根據圖片和相關的解說，推論出以下方位詞的意思。

**1.** Il gatto è **sotto** il letto.
sotto: _____

**2.** Il gatto è **sopra*** il divano.
sopra: _____

**3.** Il gatto è **davanti a**llo zaino.
davanti a: _____

**4.** Il gatto è **dietro** lo zaino.
dietro: _____

**5.** L'uccello è **fuori** la gabbia.
fuori: _____

**6.** L'uccello è **dentro**# la gabbia.
dentro: _____

---

\* 方位詞「sopra」和介系詞「su」可以互相替換，如「Il gatto è **sul** divano.」
# 方位詞「dentro」和介系詞「in」可以互相替換，如「L'uccello è **nella** gabbia.」

## 4.2 Quella a righe, grazie!
### 條紋的那一件,謝謝!

- **4.2.a** 服裝店的片語
- **4.2.b** 服裝相關的詞彙
- **4.2.c** 情態動詞與代名詞
- **4.2.d** 指示形容詞

**課文** Ep. 11

閱讀課文時,請發揮想像力!根據你已經認得的詞彙做出有意義的猜測,然後才對照課文翻譯自我訂正。建議你為自己訂定目標,把想學會的單字圈起來。

### Claudio in un negozio di abbigliamento

Claudio e Giulia entrano in un negozio di abbigliamento.

- Posso provare la camicia blu in vetrina?
- Quale? Quella a righe o quella a quadri?
- Quella a righe, grazie! Vorrei provare anche questa rosa a tinta unita*.
- Che taglia?
- La elle.

---

\*

| a tinta unita | a righe | a quadri | a pois | a fiori |
|---|---|---|---|---|
| 素色的 | 條紋的 | 格紋的 | 點狀的 | 花樣的 |

- Ecco, il camerino è lì!
- Mi piacciono! Quant'è in tutto?
- 90 euro.
- C'è uno sconto?
- Mi dispiace, purtroppo no!
- Posso pagare con carta?

## 4.2.a 服裝店的片語

"C'è uno sconto?"

在服裝店時，可以用以下10個片語。請一邊聽一邊填寫。

**1.** _____
可以看那件襯衫嗎？

**2.** Vorrei una cravatta di **seta**.
我想要一條絲做的領帶。

| seta | cotone | lana | lino | velluto | poliestere |
|------|--------|------|------|---------|------------|
| 絲   | 棉     | 羊毛 | 麻   | 天鵝絨  | 聚酯纖維   |

**3.** _____
可以試穿這條褲子嗎？

**4.** _____
更衣室在哪裡？

**5.** Il pantalone è troppo **largo**.
褲子太**寬**了。

| grande | piccolo |
| --- | --- |
| 大的 | 小的 |
| lungo | corto |
| 長的 | 短的 |
| largo | stretto |
| 寬的 | 緊的 |

aderente
貼身的

**6.**
什麼尺寸？

**7.** Porto la **esse**.
我穿S。

esse    emme    elle    ics-elle

**8.**
總共多少錢？

**9.**
有折扣嗎？

**10.**
可以用信用卡付錢嗎？

67

## 4.2.b 服裝相關的詞彙

*"Posso provare la camicia blu in vetrina?"*

在《學會A1》的第2課中,你已經學過一些與服裝相關的詞彙,如「giubbotto」、「gonna」、「pantalone」、「felpa」、「camicia」、「camicetta」、「maglietta」等。請根據以下翻譯填寫圖解詞典,擴大詞彙量,並搭配適當的定冠詞。

襪子｜calzini、短褲｜pantaloncino、睡衣｜pigiama、迷你裙｜minigonna、大衣｜cappotto、西裝夾克｜giacca、羽絨外套｜piumino、內褲｜mutande、西裝｜completo、胸罩｜reggiseno、雨衣｜impermeabile、休閒夾克｜giubbino

1. la giacca
2. 
3. 
4. 
5. 
6. 
7. 
8. 
9. 
10. 
11. 
12.

## 4.2.c 情態動詞與代名詞

"*Posso* pagare con carta?"

在《學會A1》的第5課中,你已經學過情態動詞「potere」、「volere」和「dovere」後面可以直接加上一個原形動詞,例如「Posso pagare con carta?」。現在讓我們學習情態動詞與代名詞相關的規則。

代名詞(不管是「反身代名詞」、「直接受詞代名詞」、「間接受詞代名詞」也好)皆能放在情態動詞的前面,或與隨著情態動詞的原形動詞結合,例如:

① 我想買一支新手機。
Voglio comprar**mi** un cellulare nuovo.
**Mi** voglio comprare un cellulare nuovo.

② 你想搬到義大利嗎?
Vuoi trasferir**ti** in Italia?
**Ti** vuoi trasferire in Italia?

③ 可以晚一點打電話給我嗎?
Puoi chiamar**mi** più tardi?
**Mi** puoi chiamare più tardi?

④ 可以把鹽遞給我嗎?
Puoi passar**mi** il sale per favore?
**Mi** puoi passare il sale?

⑤ 我們也必須打領帶嗎?
Dobbiamo metter**ci** anche la cravatta?
**Ci** dobbiamo mettere anche la cravatta?

⑥ 明天你們必須在早上6點起床。
Domani dovete alzar**vi** alle 6 di mattina.
Domani **vi** dovete alzare alle 6 di mattina.

請觀看影片學習
情態動詞與代名詞

## 4.2.d 指示形容詞

*" Quella a righe, grazie! "*

指示形容「questo｜這個」和「quello｜那個」身為形容詞，要根據它們所搭配名詞的陰陽性和單複數而變位。請觀看影片並填寫以下表格。

請觀看影片學習
指示形容詞 Dimostrativi

| 這個 | 這些 | 那個 | 那些 |
|---|---|---|---|
| questo |  |  | quella |
|  | queste | quei |  |

指示形容詞「quello」會跟位於名詞前面的定冠詞「il、lo、la、i、gli、le、l'」彼此融合。例如：

我想看那條灰色的褲子。
Vorrei vedere **quel** pantalone grigio.

quello + il pantalone = quel pantalone

那雙黑色的靴子多少錢？
Quanto costano **quegli** stivali neri?

quello + gli stivali = quegli stivali

那把雨傘是誰的？
Di chi è **quell'**ombrello?

quello + l'ombrello = quell'ombrello

| quello + | il | lo | la | i | gli | le | l' |
|---|---|---|---|---|---|---|---|
|  |  | quello | quella | quei |  | quelle |  |

形容詞「bello」跟指示形容詞「quello」有一樣的行為。想了解更多，請參考附錄1「語法篇」。

| bello + | il | lo | la | i | gli | le | l' |
|---|---|---|---|---|---|---|---|
|  |  | bello | bella | bei |  | belle |  |

# 4.3 Un paio di scarpe da ginnastica
## 一雙運動鞋

- 4.3.a 鞋店的片語
- 4.3.b 鞋子相關的詞彙
- 4.3.c 配件相關的詞彙
- 4.3.d 條件式

**課文** Ep. 12

閱讀課文時，請發揮想像力！根據你已經認得的詞彙做出有意義的猜測，然後才對照課文翻譯自我訂正。建議你為自己訂定目標，把想學會的單字圈起來。

**Claudio in un negozio di calzature**

Claudio e Giulia entrano in un negozio di calzature.

- Vorrei provare un paio di scarpe da ginnastica.
- Queste sono in offerta!
- Anche queste sono in offerta?
- No, mi dispiace!
- Che peccato! Posso provare quelle?
- Certo! Che numero porta?
- Il 42. Che colori ci sono?

## 4.3.a 鞋店的片語

> "Che numero porta?"

在鞋店時，可以用以下8個片語。請一邊聽一邊填寫。

1. _____
   我想試穿這雙鞋。

2. _____
   有優惠嗎？

3. Che numero (porta)?
   幾號？

   Che numero?　Il (numero) 42.　　Che taglia?　La (taglia) esse.

4. Che colori ci sono?
   有什麼顏色？

   | bianco 白色 | arancione 橘色 | rosa 粉紅色 |
   | nero 黑色 | verde 綠色 | viola 紫色 |
   | rosso 紅色 | celeste 淺藍色 | blu 藍色 |
   | giallo 黃色 | marrone 咖啡色 | |

5. Quanto costa? / Quanto viene?
   多少錢？（搭配單數名詞）

6. Quanto costano? / Quanto vengono?
   多少錢？（搭配複數名詞）

7. _____
   可以幫我打折嗎？

8. _____
   可以算我比較好的價錢嗎？

## 4.3.b 鞋子相關的詞彙

> *Un paio di scarpe da ginnastica.*

請根據以下翻譯填寫圖解詞典，擴大詞彙量，並搭配適當的定冠詞。

皮鞋｜scarpe di pelle、涼鞋｜sandali、運動鞋｜scarpe da ginnastica、
拖鞋｜ciabatte、高跟鞋｜scarpe col tacco、靴子｜stivali

1. le ciabatte
2. 
3. 
4. 
5. 
6. 

## 4.3.c 配件相關的詞彙

在《學會A1》的第2課中，你已經學過一些與配件相關的詞彙，如「cappello」、「ombrello」、「borsa」、「zaino」、「sciarpa」、「cravatta」等。請根據以下翻譯填寫圖解詞典，擴大詞彙量，並搭配適當的定冠詞。

耳環｜orecchini、戒指｜anello、手帕｜fazzoletto、眼鏡｜occhiali、
皮夾｜portafoglio、皮帶｜cintura、零錢包｜borsellino、髮夾｜fermaglio、
項鍊｜collana、手套｜guanti、手錶｜orologio、手鍊｜bracciale

1. la cintura
2. 
3. 
4. 
5. 
6.

⑦. ⑧. ⑨.

⑩. ⑪. ⑫.

### 4.3.d 條件式

> *Vorrei provare un paio di scarpe da ginnastica.*

「vorrei」和「voglio」都有「想要」的意思。既然如此，為何形式不同呢？「voglio」是「volere」動詞的直陳式現在時，「vorrei」則是「volere」動詞的條件式現在時。何謂條件式現在時呢？條件式現在時的形式是什麼？條件式現在時怎麼用呢？請先看影片並解答以下問題：

請觀看影片學習

條件式
Condizionale

① 「are」組與「ere」組動詞的條件式變位怎麼變呢？

② 「ire」組動詞的條件式變位與「are」和「ere」組動詞的有什麼差異呢？

| amare<br>愛 | prendere<br>喝 | aprire<br>打開 |
|---|---|---|
| amerei | prenderei | aprirei |
| ameresti | prenderesti | apriresti |
| amerebbe | prenderebbe | aprirebbe |
| ameremmo | prenderemmo | apriremmo |
| amereste | prendereste | aprireste |
| amerebbero | prenderebbero | aprirebbero |

③ 條件式現在時有3個用法，是哪些呢？

　　　　　　　　　　　　　，例如：

  » Le dispiacerebbe chiudere il finestrino?
    您介意關上車窗嗎？

  » Mi porterebbe un'altra bottiglia d'acqua?
    可以麻煩您再帶一瓶水給我嗎？

　　　　　　　　　　　　　，例如：

  » Dormirei tutto il giorno, ma purtroppo devo lavorare.
    我好想睡一整天，但可惜的是我必須工作。

  » Accenderei il riscaldamento, ma non so come si fa.
    我想打開暖氣，但我不知道要怎麼開。

　　　　　　　　　　　　　，例如：

  » Io al posto tuo prenderei un'aspirina.
    如果我是你，我會吃阿斯匹靈。

  » Secondo me, paghi troppo di affitto. Io cercherei un altro appartamento.
    我覺得，你的房租太貴了。換作是我，我會尋找另一間公寓。

關於條件式現在時的其他使用和不規則動詞的條件式現在時的變化，想了解更多，請參考附錄1「語法篇」。

# LEZIONE 5
第 5 課

# Silvia fa una sorpresa a Giacomo!
## Silvia給Giacomo驚喜！

**5.1 Un pacco per Sofia**
給Sofia的包裹

- 5.1.a 郵局的片語
- 5.1.b 介系詞「in」
- 5.1.c 商店相關的詞彙
- 5.1.d 方位詞（二）

**5.2 Silvia in cucina**
Silvia在廚房

- 5.2.a 命令式
- 5.2.b 命令式與受詞代名詞
- 5.2.c 無人稱結構
- 5.2.d 介系詞「su」、「con」和「per」

**5.3 Giacomo e Silvia vanno al ristorante**
Giacomo和Silvia去餐廳

- 5.3.a 義大利料理須知
- 5.3.b 餐廳的片語
- 5.3.c 義大利餐廳的類型
- 5.3.d 義大利餐廳的特點

## 5.1 Un pacco per Sofia
### 給Sofia的包裹

- **5.1.a** 郵局的片語
- **5.1.b** 介系詞「in」
- **5.1.c** 商店相關的詞彙
- **5.1.d** 方位詞（二）

**課文** Ep. 13

閱讀課文時，請發揮想像力！根據你已經認得的詞彙做出有意義的猜測，然後才對照課文翻譯自我訂正。建議你為自己訂定目標，把想學會的單字圈起來。

**Silvia invia un pacco**

Oggi Silvia ha tante cose da fare: deve andare in posta, al supermercato, dal fruttivendolo, in salumeria… Prima di tutto, Silvia va in posta ad inviare un pacco a Sofia che è a Taiwan a studiare cinese.

- Buongiorno! Vorrei spedire questo pacco a Taiwan.
- Pacco Ordinario Estero o Paccocelere Internazionale?
- Pacco Ordinario Estero.
- Può compilare questo cedolino per favore?

Nel frattempo squilla il cellulare.

- Pronto?
- Sono io, Giacomo. Dove sei?
- Sono in posta. Sto spedendo un pacco a Sofia.
- Come sta Luca oggi?
- Molto meglio menomale! Ti devo lasciare perché ho troppe cose da fare... devo ancora andare in panetteria, dal macellaio...
- Puoi per favore passare anche in pasticceria?
- Quale?
- Quella in piazza, accanto alla libreria...
- Va bene!

## 5.1.a 郵局的片語

*Vorrei spedire questo pacco a Taiwan.*

在郵局時，可以用以下5個片語。請一邊聽一邊填寫。

1. 我想把這個包裹寄到台灣。

2. 我想把這封信寄到米蘭。

3. 我想把這封掛號信寄到威尼斯。

4. 我想把這張明信片寄到北京。

5. 請給我一張郵票！

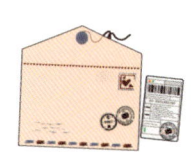

### 5.1.b 介系詞「in」

> " Sono in posta. "

中文的「在」和「去」動詞後面可以直接加場所，例如「我在郵局」或「我去郵局」。義大利語卻不同，「essere」（在）和「andare」（去）後面不能直接加場所：這兩個動詞跟場所之間需要加介系詞！困難的是，不同的場所須搭配不同的介系詞。在2.3.d已經學過「a」這個介系詞所搭配的場所，現在要學習介系詞「in」的用法。請觀看影片並填寫與介系詞「in」相關的規則。

請觀看影片學習 介系詞 in

**1.** in + _____

- in Italia | 在義大利
- in Spagna | 在西班牙
- in Francia | 在法國
- Lavoro **in** Inghilterra.
  我工作在英國。
- Studio **in** Germania.
  我在德國念書。
- Mio fratello vive **negli** Stati Uniti.
  我哥住在美國。
- Quest'estate vado in vacanza **nelle** Filippine.
  這個夏天我去菲律賓度假。

negli Stati Uniti
nelle Filippine

「in」的縮合介系詞

|    | il | lo | la | i | gli | le | l' |
|----|----|----|----|----|-----|----|-----|
| in |    |    |    |    |     |    |     |

**2.** in + _____

- in Puglia | 在普里亞
- in Veneto | 在威尼托
- in Piemonte | 在皮埃蒙特
- Quest'anno andiamo in vacanza **in** Toscana.
  今年我們去托斯卡尼度假。

③ **in +**

- in banca | 在銀行
- in posta | 在郵局
- in palestra | 在健身房
- in ufficio | 在辦公室
- in montagna | 在山上
- in città | 在城市
- in centro | 在市中心

  Andiamo a fare un giro **in** centro!
  我們去市中心逛一逛吧！

④ **in + -ia 結尾場所**

- in pasticceria | 在糕餅店
- in salumeria | 在鹹肉店
- in macelleria | 在肉舖
- in panetteria | 在麵包店
- in gelateria | 在冰淇淋店
- in libreria | 在書店
- in cartoleria | 在文具店
- in pizzeria | 在披薩店

  Ci vediamo **in** pizzeria alle 8!
  8點在披薩店見！

⑤ **in + -teca 結尾場所**

- in discoteca | 在舞廳
- in biblioteca | 在圖書館
- in enoteca | 在葡萄酒專賣店
- in paninoteca | 在帕尼尼專賣店

  Sarò **in** biblioteca dalle 8 alle 12.
  從8點到12點我會待在圖書館。

⑥ **in +**

- in metro | 搭捷運
- in autobus | 搭公車
- in tram | 搭電車
- in treno | 搭火車

✈ in aereo｜坐飛機
🚗 in macchina｜開車
🚕 in taxi｜坐計程車
🏍 in moto｜騎摩托車
🚲 in bici｜騎腳踏車

🚶 a piedi｜用走的
🐎 a cavallo｜騎馬

🚲 Vengo **in** bici così faccio anche un po' di esercizio fisico.
我騎腳踏車過去，這樣順便做一點運動。

## 5.1.c 商店相關的詞彙

" Puoi per favore passare anche in *pasticceria*? "

Silvia要處理的雜事還是很多！請透過以下配對練習幫她去到適當的商店買東西。

1. frutta e verdura
2. fiori
3. torte e pasticcini
4. bistecca e salsiccia
5. pane e focaccia
6. giornali e riviste
7. sigarette e biglietti dell'autobus
8. libri e riviste
9. penne e quaderni
10. salumi e formaggi
11. gelato

a. pasticceria
b. edicola
c. panetteria
d. cartoleria
e. macelleria
f. fioraio
g. salumeria
h. fruttivendolo
i. gelateria
j. tabaccheria
k. libreria

82

1. pasticceria
2. edicola 
3. panetteria 
4. cartoleria 
5. macelleria 
6. fioraio# 
7. salumeria 
8. fruttivendolo# 
9. gelateria 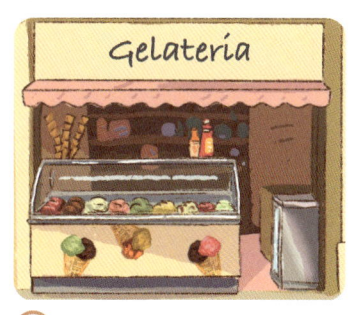
10. tabaccheria* 
11. libreria 

* 義大利沒有便利商店！比較接近東方國家的便利商店是「tabaccheria」，又名「tabacchi」（菸草店）：是各種形式的菸草產品和相關配件的零售商，也會出售與菸草無關的物品，例如書籍和雜誌、玩具、紀念品、文具、酒、零食、車票、郵票等。換句話說，「tabaccheria」算是義大利的「雜貨店」。

# 「fruttivendolo」和「fioraio」搭配「dal」，即「dal fruttivendolo」、「dal fioraio」，因為不是場所而是職業；其它的都搭配「in」（請參考2.3.d）。

## 5.1.d 方位詞（二）

*" Quella in piazza, accanto alla libreria... "*

請根據圖片和相關的解說，推論出以下方位詞的意思。

1. davanti a
2. tra
3. di fronte a
4. accanto a
5. al centro di
6. dietro

1. La fermata della metro è **davanti all'**ospedale.
2. Il commissariato è **tra** il bar e la posta.
3. Il parco è **di fronte al** museo.
4. La banca è **accanto alla** chiesa.
5. La fontana è **al centro della** piazza.
6. Lo stadio è **dietro** la banca.

## 5.2 Silvia in cucina
### Silvia在廚房

- **5.2.a** 命令式
- **5.2.b** 命令式與受詞代名詞
- **5.2.c** 無人稱結構
- **5.2.d** 介系詞「su」、「con」和「per」

### 課文　Ep. 14

閱讀課文時，請發揮想像力！根據你已經認得的詞彙做出有意義的猜測，然後才對照課文翻譯自我訂正。建議你為自己訂定目標，把想學會的單字圈起來。

**Silvia ai fornelli**

Stasera Giacomo torna a casa e Silvia vuole fargli una sorpresa. Perciò telefona alla suocera per chiedere aiuto…

- Pronto?
- Ciao, disturbo?
- No, affatto! Dimmi!
- Stasera torna Giacomo e per cena voglio fargli la pizza. A lui piace molto come la fai tu… Puoi darmi la tua ricetta?
- Certo! Allora, è facilissima! Sciogli il lievito con un pizzico di zucchero in un bicchiere di acqua tiepida.
- Aspettami un attimo per favore che prendo carta e penna.

- Va bene... continuo?
- Sì, dimmi...
- Poi versa l'acqua nella farina e mescola.
- Devo aggiungere il sale nell'impasto?
- Sì, aggiungilo con l'olio, e continua ad impastare con le mani o con l'impastatrice se ce l'hai.
- No, purtroppo non ce l'ho...
- Non fa niente, impasta con le mani, così fai anche un po' di attività fisica... Lascia lievitare per 2 ore.
- E poi?
- Dividi l'impasto in tre parti, e lascia lievitare per 30 minuti.
- Ho capito! E come prepari la salsa per la pizza?
- In una ciotola versa la passata e l'olio. Condiscila con l'origano e il sale. Ce l'hai l'origano?
- Sì, ce l'ho! C'ho anche il basilico.
- Ottimo! Poi stendi la pizza con il matterello, spalma la salsa sulla pizza, aggiungi la mozzarella, e inforna.
- Per quanto tempo?
- In forno preriscaldato a 260 gradi per 15 minuti.

## 5.2.a 命令式

> *Poi versa l'acqua nella farina e mescola.*

請觀看影片並填寫命令式相關的規則。然後，找出在課文中所出現的命令式動詞。

**請觀看影片學習 命令式 Imperativo**

1. 「命令式」是很容易學習的語式，因為它只有「現在時」一個時態。命令式的動詞變化也很簡單，因為它只有 ＿＿＿＿＿、＿＿＿＿＿、＿＿＿＿＿ 三個人稱。

2. 除了「-are」組的動詞的第二人稱單數之外，「命令式」和「直陳式現在時」的變化是一模一樣的。「-are」組的命令式第二人稱單數以 ＿＿＿＿＿ 為變位。

3. 命令式第二人稱單數的否定形式由否定副詞「non」加 ＿＿＿＿＿ 組成的，如「Non parlare!」，即「別說話！」。

4. 「fare、andare、dare、dire、stare」之不規則動詞的命令式第二人稱單數也能縮寫成 ＿＿＿＿＿、＿＿＿＿＿、＿＿＿＿＿、＿＿＿＿＿、＿＿＿＿＿。

## 5.2.b 命令式與受詞代名詞

> *Condiscila con l'origano e il sale.*

請你再讀一次這段課文：

🧑‍🦰 Ciao, disturbo?
妳好！打擾了嗎？

🧑 No, affatto! Dim**mi**!
完全不會啊！說吧！

🧑‍🦰 Stasera torna Giacomo e per cena voglio fargli la pizza. A lui piace molto come la fai tu... Puoi darmi la tua ricetta?
Giacomo今晚回家，我想為他做披薩當晚餐。他真的很喜歡妳做的披薩⋯⋯妳能把妳的食譜分享給我嗎？

🧑 Certo! Allora, è facilissima! Sciogli il lievito con un pizzico di zucchero in un bicchiere di acqua tiepida.
當然可以！好的，超級簡單的！把少許的糖和酵母一起溶解在一杯溫水中。

🙍 Aspetta**mi** un attimo per favore che prendo carta e penna.
請等我一下，我去拿紙和筆。

🙎 Va bene... continuo?
好啊……繼續嗎？

🙍 Sì, dim**mi**...
是的，說吧……

🙎 Poi versa l'acqua nella farina e mescola.
然後將水倒入麵粉中，攪拌均勻。

🙍 Devo aggiungere il sale nell'impasto?
我應該在麵團裡加鹽嗎？

🙎 Sì, aggiungi**lo** con l'olio, e continua ad impastare con le mani o con l'impastatrice se ce l'hai.
對，和橄欖油一起加，繼續用手揉，有的話用攪拌機揉。

「mi」和「lo」皆是受詞代名詞。按理來說，代名詞位於動詞前面，但是你一定觀察到了「mi」和「lo」出現在動詞後面。這是怎麼一回事呢？因為代名詞（無論是受詞代名詞還是反身代名詞也好）遇到命令式，就要放到動詞後面，並跟動詞結合。

## 5.2.c 無人稱結構

食譜中的動詞用四種不同的形式呈現，例如：

| | |
|---|---|
| 命令式的<br>第二人稱單數 | **Sciogli** il lievito con un pizzico di zucchero in un bicchiere di acqua tiepida.<br>**Versa** l'acqua nella farina e **mescola**.<br>**Aggiungi** il sale e l'olio, e **continua** ad impastare. |
| 命令式的<br>第二人稱複數 | **Sciogliete** il lievito con un pizzico di zucchero in un bicchiere di acqua tiepida.<br>**Versate** l'acqua nella farina e **mescolate**.<br>**Aggiungete** il sale e l'olio, e **continuate** ad impastare. |
| 原形動詞 | **Sciogliere** il lievito con un pizzico di zucchero in un bicchiere di acqua tiepida.<br>**Versare** l'acqua nella farina e **mescolare**.<br>**Aggiungere** il sale e l'olio, e **continuare** ad impastare. |

**無人稱結構**

Si scioglie il lievito con un pizzico di zucchero in un bicchiere di acqua tiepida.
Si versa l'acqua nella farina e si mescola.
Si aggiunge il sale e l'olio, e si continua ad impastare.

你已經熟悉命令式和原形動詞，但何謂「無人稱結構」呢？它的形式和用法是什麼？請觀看影片並填寫與無人稱結構相關的規則。

1. 無人稱結構的句子沒有明確的主詞
2. 無人稱結構的形式是　　　si ✚
3. 「si + 動詞的第三人稱單數」搭配　　　的名詞
4. 「si + 動詞的第三人稱複數」搭配　　　的名詞

請觀看影片學習：無人稱結構

## 5.2.d 介系詞「su」、「con」和「per」

"impasta con le mani, spalma sulla pizza, inforna per 15 minuti"

請觀看影片並填寫與介系詞「su」、「con」和「per」相關的規則。

1. **介系詞「su」**

   su ✚　　　，例如：

   su Facebook、su Instagram、su YouTube、su WhatsApp、su internet、sul sito 等

   su ✚　　　，例如：

   Ho visto un documentario su Giulio Cesare.

   su ✚　　　，例如：

   Sono andato in vacanza sulle Alpi.

2. **介系詞「con」**

   con ✚　　　，例如：

   Stendi la pizza con il matterello.

   con ✚　　　，例如：

   Domenica sera vado al cinema con Sara.

請觀看影片學習：介系詞 su、con、per

89

③ **介系詞「per」**

　　per ＋ 　　　　　，例如：

Vado in Italia **per** tre settimane.

　　per ＋ 　　　　　，例如：

Vado in Italia **per** studio.

　　per ＋ 　　　　　，例如：

Il treno **per** Venezia è in partenza dal binario 5.

　　per ＋ 　　　　　，例如：

**Per** dimagrire vado a correre ogni giorno.

## 5.3 Giacomo e Silvia vanno al ristorante
### Giacomo和Silvia去餐廳

- **5.3.a** 義大利料理須知
- **5.3.b** 餐廳的片語
- **5.3.c** 義大利餐廳的類型
- **5.3.d** 義大利餐廳的特點

**課文** Ep. 15

閱讀課文時，請發揮想像力！根據你已經認得的詞彙做出有意義的猜測，然後才對照課文翻譯自我訂正。建議你為自己訂定目標，把想學會的單字圈起來。

**Giacomo e Silvia al ristorante**

Giacomo è finalmente tornato a casa! Silvia per accoglierlo nel migliore dei modi voleva fargli una sorpresa e preparargli una cena speciale e romantica. Purtroppo però qualcosa è andato storto in cucina... si è bruciato tutto! Ma Giacomo ha un'idea per confortare la moglie... la porta al ristorante!

- Cameriera, vorremmo ordinare. Cosa ci consiglia?
- La nostra specialità sono le tagliatelle ai funghi porcini.
- Allora prendiamo le tagliatelle. Poi come secondo ci porta una bistecca alla fiorentina, e per contorno le patate al forno.
- Da bere?
- Un litro di vino rosso della casa, e una bottiglia di acqua frizzante.
- Grazie Giacomo! Volevo farti una sorpresa, e invece alla fine l'hai fatta tu a me! Questo locale è bellissimo...

## 5.3.a 義大利料理須知

> *La nostra specialità sono le tagliatelle ai funghi porcini.*

　　義大利料理的特點是什麼呢？青蔬沙拉算是前菜還是配菜？午餐後可以喝卡布奇諾嗎？義式料理常見的菜色有哪些呢？想知道答案，請閱讀以下短文。請注意，段落的順序打亂了，請你整理後重新排列。最後，請對照中文翻譯確認是否看懂了。

### La cucina italiana

**1.** Per finire si prende il dolce, come per esempio il tiramisù o la panna cotta, insieme ad un espresso o un macchiato, ma mai il cappuccino! Infatti, gli italiani bevono il cappuccino solo a colazione, e mai durante o dopo il pranzo.

**2.** La cucina italiana, a differenza di quella cinese, segue un ordine specifico e lineare. Si inizia con gli antipasti che possono essere freddi come l'insalata caprese e l'insalata di polpo, oppure caldi come il fritto misto. Si servono su un vassoio a centro tavola, e vengono accompagnati da un cestino di pane e grissini (nel Nord), o pane e taralli (nel Sud), o pane e schiacciata (nel centro), a seconda della regione in cui vi trovate.

**3.** Poi ci sono i secondi che possono essere di carne o di pesce, come il filetto al pepe verde, la spigola al cartoccio, i quali sono serviti con i contorni come le verdure grigliate, le patate al forno e l'insalata verde o mista. Proprio così, in Italia l'insalata non è un antipasto ma un contorno!

**4.** A seguire ci sono i primi che comprendono i piatti a base di pasta, i risotti e le zuppe, come per esempio le trofie al pesto, le tagliatelle alla bolognese, le linguine ai frutti di mare, il risotto alla milanese, la zuppa di pesce, ecc.

正確的順序是：　　　、　　　、　　　、　　　。

## 5.3.b 餐廳的片語

"*per contorno le patate al forno*"

在餐廳時，可以用以下8個片語。請一邊聽一邊填寫。

1. 兩人桌，謝謝！

2. 菜單，謝謝！

3. Come* antipasto, prendo# un'insalata di mare, grazie.
前菜我點海鮮沙拉，謝謝。

4. 
第一道菜我點海鮮扁麵，謝謝。

5. 
主餐我點炭烤牛排，謝謝。

6. 
配菜我點烤馬鈴薯，謝謝。

7. 
甜點我點提拉米蘇，謝謝。

8. 帳單，謝謝！

---

\* 「come」也可以改成「per」，例如「Per antipasto un'insalata di mare, grazie.」。
\# 「prendo」也可以改成「vorrei」，甚至能省略，例如「Per antipasto, vorrei un'insalata di mare, grazie.」或「Per antipasto, un'insalata di mare, grazie.」。

### 5.3.c 義大利餐廳的類型

*Questo locale è bellissimo...*

Giulia和Claudio要慶祝他們結婚四十週年的紀念日。義大利餐廳的種類很多:「ristorante」、「osteria」、「pizzeria」、「enoteca」、「trattoria」、「birreria」等。為了選擇餐廳,他們想問問兒子和媳婦們的意見,顯然每一個人的想法都不一樣!請為每一個家人找出最適合他訴求的餐廳。

ristorante

trattoria

osteria

enoteca

pizzeria

birreria

**Paolo**

A papà piace bere la birra. Mi ricordo che da ragazzo ha portato più volte me e mio fratello in Germania ad assaggiare le birre bavaresi. E ad essere sinceri, lui non ha un palato raffinato...

**Giacomo**
" Per la mamma questo anniversario è speciale. Dobbiamo scegliere un locale elegante, con un ottimo servizio, un menù originale... e anche se è caro, non importa! Tanto paga papà... "

**Francesca**
" Mia suocera è un'amante del vino. L'anno scorso per il suo compleanno le ho regalato una bottiglia di Barolo... era contentissima! Ci vorrebbe un locale raffinato con una ricca carta dei vini, dove sarebbe possibile fare una degustazione... "

**Silvia**
" A mia suocera piace la cucina tradizionale e i locali con un'atmosfera familiare. Non le interessa la qualità del servizio o l'arredamento del locale, ma il sapore del cibo. E poi so che a lei non piace far spendere tanto al marito... "

**Claudio**
" Lo so, sarebbe più adatto andare in un ristorante, ma organizzare l'anniversario in una birreria sarebbe un sogno. Però, Luca è ancora troppo piccolo, non può bere la birra... forse è meglio se andiamo in un locale dove mangiare la pizza, così non spendo nemmeno troppo! "

**Giulia**
" È un giorno speciale, ma non voglio far spendere troppo a mio marito. L'importante è stare insieme in un posto accogliente... con un buon bicchiere di vino per il brindisi che non può mancare! "

## 5.3.d 義大利餐廳的特點

請先做以下是非題,再閱讀短文核對你的答案。

|  | V | F |
|---|---|---|
| 1. 義大利的餐廳收10%的服務費 | ☐ | ☐ |
| 2. 義大利的餐廳麵包是免費的 | ☐ | ☐ |
| 3. 義大利人餐後喝威士忌 | ☐ | ☐ |
| 4. 在義大利不用給小費 | ☐ | ☐ |

### Sui ristoranti italiani

#### Il coperto

La maggioranza dei ristoranti italiani fa pagare il coperto, il quale non copre il costo del servizio dei camerieri, ma i costi della pulizia delle stoviglie e delle tovaglie.

#### Il pane

Nei ristoranti italiani dopo aver ordinato il cameriere porta al tavolo il pane insieme alle bevande. Il prezzo del pane è incluso nel coperto, e una volta finito puoi chiedere al cameriere di portarne dell'altro.

#### L'ammazzacaffè

Gli italiani alla fine del pasto, dopo il caffè bevono l'ammazzacaffè, ovvero un liquore che aiuta a digerire e porta via dalla bocca l'amaro del caffè. I più apprezzati sono:

- la grappa, un distillato di uva con gradazione alcolica superiore ai 40° molto diffuso nel nord d'Italia;
- l'amaro, un liquore a base di erbe con gradazione inferiore ai 35° molto diffuso nel sud d'Italia;
- il limoncello, un liquore a base di limone tipico della Campania.

## La mancia

In Italia non c'è l'abitudine di lasciare la mancia, ma se avete apprezzato il servizio del cameriere, potete dargli la mancia direttamente o lasciarla sul tavolo. Potete lasciare dai 2 ai 20 euro, dipendendo dal livello del locale in cui avete consumato.

# LEZIONE 6
## 第 6 課

# Silvia vuole fare un viaggio!
## Silvia想去旅行！

**6.1 Ti ricordi il nostro primo viaggio?**
你還記得我們的第一次旅行嗎？

- 6.1.a 直陳式未完成時
- 6.1.b 義大利節日和月份
- 6.1.c 義大利節日的習俗
- 6.1.d 不規則的名詞

**6.2 Perché non venite a Taiwan a trovarmi?**
何不來台灣找我呢？

- 6.2.a 休閒活動相關的詞彙
- 6.2.b 義大利人的休閒活動
- 6.2.c 怎麼描述休閒活動
- 6.2.d 邀請、接受或拒絕邀請的用語

**6.3 Quest'anno verremo in vacanza a Taiwan!**
今年我們要去台灣度假！

- 6.3.a 「piacere」動詞
- 6.3.b 間接受詞代名詞
- 6.3.c 直陳式將來時
- 6.3.d 義大利文動詞系統

## 6.1 Ti ricordi il nostro primo viaggio?
你還記得我們的第一次旅行嗎？

- **6.1.a** 直陳式未完成時
- **6.1.b** 義大利節日和月份
- **6.1.c** 義大利節日的習俗
- **6.1.d** 不規則的名詞

**課文** Ep. 16

閱讀課文時，請發揮想像力！根據你已經認得的詞彙做出有意義的猜測，然後才對照課文翻譯自我訂正。建議你為自己訂定目標，把想學會的單字圈起來。

### I ricordi di Giacomo e Silvia

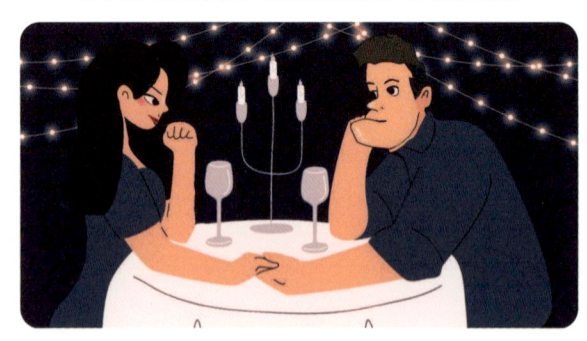

Giacomo e Silvia stanno cenando al ristorante. I piatti sono raffinati, l'atmosfera è romantica, la musica è rilassante. Anche se sono sposati già da più di 15 anni, sono ancora innamoratissimi. Quante cose sono successe in questi anni, quanti bei ricordi li uniscono...

👩 Ti ricordi il nostro primo viaggio?

👨 Come no! Siamo andati in Sardegna a trovare tua zia che aveva una bella casa nella Costa Smeralda, ma non ci andava spesso.

👩 Quella casa era piccola ma luminosissima, a due passi dal mare! Io ancora non so come hai fatto a convincerla a farti prestare la casa per la settimana di Ferragosto...

- Sai, avevo i capelli lunghi, un fisico palestrato, suonavo la chitarra e già allora cucinavo da Dio... avevo un fascino irresistibile!
- Già, andavi tre giorni alla settimana in palestra e ogni fine settimana suonavi con il tuo gruppo.
- Anche tu eri bellissima, e ti mettevi sempre quel costume bianco intero che mi piaceva tantissimo!
- Davvero? Ce l'ho ancora, sai? Lo metterò la prossima volta che mi porti al mare... a proposito, quest'anno dove andremo in vacanza?

## 6.1.a 直陳式未完成時

"— Anche tu eri bellissima, e ti mettevi sempre quel costume bianco intero... —"

請觀看影片並填寫與「Imperfetto｜未完成時」相關的規則。最後找出在課文中的「未完成時」動詞。

### 「未完成時」的形式

| suonare 演奏 | mettere 放 | aprire 打開 | essere 是 |
|---|---|---|---|
| suon | mett | apr | |
| suon | mett | apr | |
| suon | mett | apr | era |
| suon | mett | apr | |
| suon | mett | apr | eravate |
| suon | mett | apr | |

### 「未完成時」的應用

1. 「未完成時」用來　　　過去的人、地方和物品
2. 「未完成時」用來述說過去的

請觀看影片學習

直陳式未完成時 Imperfetto

## 6.1.b 義大利節日和月份

> " la settimana di Ferragosto... "

華人每年慶祝三大節日：春節「il Capodanno cinese」、端午節「la Festa delle barche drago」和中秋節「la Festa della luna」。除了這三大節日之外，還有其他很受歡迎的節日，如清明節、母親節、父親節、七夕等。義大利人也慶祝這些節日嗎？

| gennaio | febbraio | marzo |
|---|---|---|
| Capodanno<br>Epifania | | Pasqua |

| aprile | maggio | giugno |
|---|---|---|
| Pasqua | | |

| luglio | agosto | settembre |
|---|---|---|
| | | |

| ottobre | novembre | dicembre |
|---|---|---|
| | | |

請根據以下短文填寫以上表格，整理出義大利最重要的節日。閱讀時，不需要把每一個詞翻成中文，因為你的目標只是尋找你所需要的訊息即可！如果有些生詞引起你的興趣，不妨查字典進一步了解怎麼運用，或參考本課的短文翻譯。

### Le feste italiane

Gli italiani, proprio come i cinesi, festeggiano la Festa del papà. Ma i cinesi la festeggiano l'8 agosto, invece gli italiani la festeggiano il 19 marzo. Perché? Il 19 marzo i cattolici ricordano San Giuseppe, il papà di Gesù, e insieme a lui quindi si festeggiano tutti i papà. In questo giorno si mangiano le zeppole di San Giuseppe, delle ciambelle fritte o al forno con crema.

Anche gli italiani, proprio come i cinesi, festeggiano la Festa degli innamorati. Ma i cinesi la festeggiano nel settimo mese del calendario lunare, invece gli italiani la festeggiano il 14 febbraio. Perché? Il 14 febbraio i cattolici ricordano San Valentino, il santo protettore degli innamorati. In questo giorno gli uomini regalano fiori e cioccolatini alla propria compagna.

Il 2 novembre è la Festa dei morti. In questo giorno gli italiani vanno al cimitero per pulire le tombe dei loro famigliari defunti e portargli dei fiori. Anche i cinesi hanno una festa simile. Sai quand'è?

Il 2 giugno è la Festa della Repubblica. In questo giorno gli italiani ricordano la fine della monarchia avvenuta il 2 giugno 1946 e l'inizio della repubblica. Anche i cinesi hanno una festa simile?

### gennaio
- Capodanno è il primo gennaio.
- L'Epifania è il 6 gennaio.

### febbraio
- San Valentino è il 14 febbraio.
- Anche Carnevale è a febbraio.

### marzo
- La Festa della donna è l'8 marzo.
- La Festa del papà è il 19 marzo.

### aprile
- Pasqua e Pasquetta sono a marzo o ad aprile.
- La Festa della Liberazione è il 25 aprile.

📅 **maggio**

- La Festa del lavoro è il primo maggio.
- Anche la Festa della mamma è a maggio.

📅 **giugno**

- La Festa della Repubblica è il 2 giugno.

📅 **agosto**

- Ferragosto è il 15 agosto.

📅 **novembre**

- La Festa di Ognissanti è il primo novembre.
- La Festa dei morti è il 2 novembre.

📅 **dicembre**

- Natale è il 25 dicembre.
- San Silvestro è il 31 dicembre.

### 如何述說日期

要述說日期需要用「il + 日 + 月份」這個公式，如「il 15 agosto」，即8月15日。不過每個月的8日和11日要用定冠詞「l'」而非「il」，如「l'8 agosto」，即8月8日。為什麼呢？因為「otto」和「undici」這兩個數字是母音開頭的。雖然如此，即便「uno」也是母音開頭，但不能說「l'uno」而要說「il primo」，如「il primo maggio」，即5月1日。

## 6.1.c 義大利節日的習俗

> " *Pasqua* e *Pasquetta* sono a marzo o ad aprile. "

過年的時候，華人吃年糕，端午節時要包粽子，中秋節時要送月餅。義大利的「Natale」（聖誕節）、「Carnevale」（嘉年華）和「Pasqua」（復活節）也有特定的點心嗎？

請根據短文做出正確的搭配。閱讀時，不需要把每一個詞翻成中文，因為你的目標只是尋找你所需要的訊息即可！如果有些生詞引起你的興趣，不妨查字典進一步了解怎麼運用，或參考本課的短文翻譯。

# I dolci tipici delle feste

Il 24 dicembre è la vigilia di Natale. Tutte le famiglie si riuniscono in casa per cenare insieme e aspettare la mezzanotte quando nasce Gesù bambino. Il giorno dopo quando si svegliano, i bambini trovano sotto l'albero di Natale i regali che ha lasciato Babbo Natale. Poi c'è il pranzo di Natale, il momento più importante di questa festa, quando si scambiano i regali e si mangia il panettone, il pandoro e il torrone.

Carnevale si festeggia a febbraio. È una festa molto colorata e vivace: si indossano le maschere e si sfila per la città. Il Carnevale più famoso è quello di Venezia, ma altrettanto importanti sono quelli di Viareggio e Ivrea. A Carnevale si mangiano le frittelle e le chiacchiere.

Pasqua si festeggia a marzo o ad aprile. Durante questa festa si ricorda la morte e la risurrezione di Cristo. Si mangia l'agnello arrosto, la colomba e le uova di cioccolato. Pasqua è sempre di domenica. Il giorno dopo è Pasquetta, e solitamente gli italiani vanno al mare, o in campagna o in montagna a fare un picnic.

d. frittelle
e. pandoro
f. cioccolatini
c. torrone
g. chiacchiere
b. uova di cioccolato
h. panettone
a. colomba
i. zeppole

1. Natale
2. Carnevale
3. San Valentino
4. Pasqua
5. Festa del papà

## 6.1.d 不規則的名詞

> *Il 19 marzo... si festeggiano tutti i papà.*

義大利語的「爸爸」是「papà」。這個名詞不管是單數或複數都有一樣的結尾。這是怎麼一回事呢？請觀看影片，然後填寫跟不規則名詞相關的規則。

**請觀看影片學習**
不規則的名詞

1. 以 _____ 結尾的名詞都是陽性的，其複數不變，例如 _____、_____、_____、_____、_____、_____。

2. 最後一個母音為 _____ 的名詞，其複數不變，例如 _____、_____、_____。

3. 「縮寫」名詞的複數不變，例如 _____、_____、_____、_____、_____、_____。

4. 一些身體部位的名詞的 _____ 以「-a」為結尾，例如 _____、_____、_____、_____、_____。

## 6.2 Perché non venite a Taiwan a trovarmi?
何不來台灣找我呢？

- **6.2.a** 休閒活動相關的詞彙
- **6.2.b** 義大利人的休閒活動
- **6.2.c** 怎麼描述休閒活動
- **6.2.d** 邀請、接受或拒絕邀請的用語

### 課文  Ep. 17

閱讀課文時，請發揮想像力！根據你已經認得的詞彙做出有意義的猜測，然後才對照課文翻譯自我訂正。建議你為自己訂定目標，把想學會的單字圈起來。

### Sofia studia il cinese

Giacomo e Silvia sono ancora al ristorante quando ricevono una videochiamata da Sofia.

- Ciao mamma! Come va? Ah, ci sei anche tu papà! Dove siete?

- Tuo padre mi ha fatto una sorpresa e mi ha portato a mangiare fuori. Piuttosto dimmi di te, come va a Taiwan?

- Alla grande! Taipei è una bellissima città e ho scoperto che la costa nord-est di Taiwan ha dei panorami mozzafiato!

- Davvero? A dire la verità, non ne so molto su Taiwan, e tuttora non ho ancora capito perché vuoi imparare il cinese... A proposito stai studiando?

- Sì certo, mamma! Non ti preoccupare! Il cinese è una lingua così affascinante, e mi sto divertendo a imparare a scrivere i caratteri.
- Fai lezione tutti i giorni?
- Sì, due ore ogni giorno, dal lunedì al venerdì. Poi nel fine settimana ho più tempo per esplorare la città e osservare come vivono i taiwanesi.
- Dimmi un po', come sono i taiwanesi?
- Ho notato che a loro, come a noi, piace mangiare insieme alla famiglia. Nel tempo libero giocano a pallacanestro e amano il karaoke. Posso chiedervi se avete dei progetti per le vacanze?
- Ne stavamo parlando proprio quando tu ci hai chiamato...
- Perché non venite a Taiwan a trovarmi? Noleggiamo una macchina e facciamo un giro lungo la costa orientale. Dicono che il paesaggio naturale è spettacolare e incontaminato.
- Non saprei... mi sembra un posto così lontano...
- Sì è vero, ma ne vale la pena! E poi potremmo prendere un aereo e andare in Cina, o in Giappone, o nelle Filippine... sono tutti Paesi molto vicini.
- Va bene, ci pensiamo su, ma non ti prometto niente...

### 6.2.a 休閒活動相關的詞彙

> *Nel tempo libero giocano a pallacanestro e amano il karaoke.*

在你看來,台灣人空閒時間主要喜歡做什麼?請打勾。若有些看不懂的選項,請查詞典或參考「各課生詞」。

1. fare sport
2. andare in palestra 
3. visitare musei 
4. leggere libri 
5. andare al cinema 
6. andare in discoteca 
7. ballare 
8. dipingere 
9. cucinare 
10. fare spese 
11. suonare uno strumento musicale 
12. giocare a pallacanestro

## 6.2.b 義大利人的休閒活動

> " *A loro, come a noi, piace mangiare insieme alla famiglia* "

台灣人像義大利人一樣，喜歡跟家人或朋友聚餐：一起享受美食、喝酒和聊天。台灣人空閒時也超愛去KTV「cantare」（唱歌）、「fare shopping」（逛街購物）、「fare hiking」（健行）、「giocare a pallacanestro」（打籃球）、「andare in bici」（騎腳踏車）、「andare in palestra」（上健身房）、「fare yoga」（做瑜伽）、「giocare ai videogiochi」（打電動）、「guardare la tv」（看電視）等。義大利人呢？空閒時間他們喜歡做什麼呢？

請閱讀短文找出答案。閱讀時，不需要把每一個詞翻成中文，因為你的目標只是尋找你所需要的訊息即可！如果有些生詞引起你的興趣，不妨查字典進一步了解怎麼運用，或參考本課的短文翻譯。

### I passatempi degli italiani

Gli italiani amano mangiare! Gli piace cucinare e parlano sempre di cibo. Se vogliono rilassarsi prendono un aperitivo, o vanno a cena fuori con gli amici. Logicamente per mantenersi in forma devono andare in palestra o fare sport. Per esempio a molti piace andare in bici o giocare a calcio. Ma a dire la verità, gli italiani piuttosto che giocare davvero a calcio, preferiscono guardarlo in tv con gli amici su un divano davanti a una pizza e una birra!

Poi ci sono gli italiani amanti della cultura, che nel fine settimana prendono la macchina o il treno e vanno a visitare altre città, oppure un museo. Poi si fermano in una piazza a chiacchierare o a leggere un libro seduti al tavolino di un bar.

Ai giovani invece piace andare in discoteca a ballare, conoscere nuovi amici, provare nuovi cocktail. Ma negli ultimi anni non pochi preferiscono rimanere a casa a giocare ai videogiochi o a guardare una nuova serie tv.

## 6.2.c 怎麼描述休閒活動

對於休閒活動，每個人有不同的想法。有的人超愛「dipingere」（畫畫）或「suonare uno strumento」（演奏樂器），有的人卻沒有這方面的細胞。有的喜歡靜態的活動如「leggere」（閱讀）、「visitare musei」（參觀博物館）、「andare al cinema」（去電影院），有的則覺得這類的活動超級無聊，比較喜歡「fare sport」（運動）、「ballare」（跳舞）、「viaggiare」（旅行）。你呢？

請先讀一讀用來描述休閒活動的形容詞，然後在休閒活動之下填寫你想搭配的形容詞。

a. rilassante 放鬆的
b. interessante 有趣的
c. divertente 好玩的
d. faticoso 辛苦的

e. noioso 無聊的
f. istruttivo 起教育作用的
g. creativo 有創造力的
h. passivo 被動的

1. fare sport
2. cantare 
3. ascoltare musica 
4. leggere 
5. vedere la TV 
6. fotografare 
7. ballare 
8. dipingere 
9. cucinare 

111

## 6.2.d 邀請、接受或拒絕邀請的用語

> *Perché non* venite a Taiwan a trovarmi?

華人非常客氣，尤其是在拒絕邀約方面更加明顯，因為華人偏好婉轉謝絕，但這一套在義大利不適用。所以需要弄懂義大利人拒絕別人的方式，才不會產生誤會。可以用哪些句型來「invitare」（邀請）、「accettare」（接受）和「rifiutare」（拒絕）呢？

### invitare

1. **Ti va di** + 原形動詞？
   Ti va di andare al cinema?
   你想不想去電影院？

2. **Perché non** + 第一人稱複數？
   Perché non andiamo al cinema?
   我們何不去電影院？

3. **Hai voglia di** + 原形動詞？
   Hai voglia di andare al cinema?
   你想不想去電影院？

4. **Che ne dici di** + 原形動詞？
   Che ne dici di andare al cinema?
   去電影院你覺得如何呢？

5. **Andiamo a** + 動詞或地方？
   Andiamo a vedere un film?
   我們去看電影吧？
   Andiamo al cinema?
   我們去電影院吧？

6. **Vieni a** + 動詞或地方？
   Vieni a vedere un film?
   你來看電影吧？
   Vieni al cinema?
   你來電影院吧？

### rifiutare

1. Mi dispiace, ma ho da fare.
   抱歉，但我有事要做。
2. Mi dispiace, ma non posso.
   抱歉，但我不方便。
3. Purtroppo ho già un impegno.
   很可惜，我已經有事。
4. Mi dispiace, ma sono occupato.
   抱歉，但我很忙。
5. Non mi va!
   我不要！
6. **Preferirei** + 原形動詞
   Preferirei rimanere a casa.
   我更想留在家。

### accettare

1. Bell'idea!
   好主意！
2. Volentieri!
   很樂意！
3. D'accordo!
   好啊！
4. Va bene!
   好啊！
5. Perché no?
   為什麼不？
6. Certo!
   好啊！

## 6.3 Quest'anno verremo in vacanza a Taiwan!
今年我們要去台灣度假！

- **6.3.a** 「piacere」動詞
- **6.3.b** 間接受詞代名詞
- **6.3.c** 直陳式將來時
- **6.3.d** 義大利文動詞系統

### 課文　Ep. 18

閱讀課文時，請發揮想像力！根據你已經認得的詞彙做出有意義的猜測，然後才對照課文翻譯自我訂正。建議你為自己訂定目標，把想學會的單字圈起來。

**Giacomo invia un messaggio a Sofia**

Tesoro mio! Ti scrivo per darti una bella notizia: quest'anno verremo in vacanza a Taiwan! All'inizio la mamma era spaventata dal lungo viaggio in aereo, ma poi sono riuscito a convincerla. Ci manchi moltissimo, e non vediamo l'ora di vederti!

Erano anni che desideravo fare un viaggio in Estremo Oriente! Infatti, anche se ho sempre lavorato in ristoranti di cucina italiana, mi piace molto la cucina cinese. Ti ricordi che ti ho portata in tutti i ristoranti cinesi di Roma? Forse è nata così questa tua passione per l'Oriente...

Non te l'ho mai detto, ma quando ero all'università praticavo le arti marziali, e con la mamma stavamo addirittura organizzando un viaggio in Cina, poi però abbiamo scoperto che era incinta... indovina di chi?

  Ho già comprato i biglietti. Arriveremo il 18 giugno, e rimarremo a Taiwan per due settimane. Poi porterò tua madre a Bali. Inizia per favore a pianificare l'itinerario e a prenotare gli alberghi. Ho fatto un bonifico sul tuo conto, fammi sapere se ti bastano i soldi.

  Fai la brava e studia! Se ti serve qualcosa dall'Italia, dillo alla mamma che è contentissima di inviarti un altro pacco.

  Un abbraccio!

papà

## 6.3.a 「piacere」動詞

> *mi piace* la cucina cinese...
> fammi sapere se *ti bastano* i soldi...
> se *ti serve* qualcosa dillo alla mamma

請觀看影片填寫與「piacere」動詞相關的規則。

1. 「piacere」動詞有兩個形式:「piace」和「piacciono」。
2. 「piace」搭配 _____ 的名詞和 _____。
3. 「piacciono」搭配 _____ 的名詞。
4. 與「piacere」動詞有相同行為的動詞包括:「interessare」、「sembrare」、「servire」、「bastare」和「mancare」動詞。

請觀看影片學習
piacere 動詞

| piacere 喜歡 | interessare 感興趣 | sembrare 感覺 |
|---|---|---|
|  | interessano | sembrano |

| servire 需要 | bastare 足夠 | mancare 缺少 |
|---|---|---|
| servono | bastano | mancano |

① 以上動詞皆搭配
② 以上動詞皆用　　　　動詞形成近過去時

## 6.3.b 間接受詞代名詞

"*mi piace la cucina cinese*"

請觀看影片填寫與間接受詞代名詞相關的規則。

### 代名詞

| 主詞代名詞 | 反身代名詞 | 受詞代名詞 ||
|---|---|---|---|
| | | 直接受詞代名詞 | 間接受詞代名詞 |
| io | mi | mi | mi |
| tu | ti | ti | ti |
| lui / lei | si | lo / la | gli / le |
| noi | ci | ci | ci |
| voi | vi | vi | vi |
| loro | si | li / le | gli |

① 直接受詞代名詞通常取代
② 間接受詞代名詞通常取代
③ 間接受詞代名詞搭配「piacere」、「interessare」、「sembrare」、「servire」、「bastare」和「mancare」動詞

請觀看影片學習
間接受詞代名詞

## 6.3.c 直陳式將來時

> "Arriveremo il 18 giugno, e rimarremo a Taiwan per due settimane."

請觀看影片填寫與「Futuro｜將來時」相關的規則。最後找出在課文中的「將來時」動詞。

### 「將來時」的形式

| arrivare 到達 | mettere 放 | aprire 打開 | essere 是 |
|---|---|---|---|
| arriv | mett | apr | |
| arriv | mett | apr | |
| arriv | mett | apr | sarà |
| arriv | mett | apr | |
| arriv | mett | apr | sarete |
| arriv | mette | apr | |

### 「將來時」的應用

1. 「將來時」表明在 _____ 將要發生的一個行動
2. 「將來時」表示一種 _____

請觀看影片學習
**直陳式將來時 Futuro**

## 6.3.d 義大利文動詞系統

動詞變化對學生來說很燒腦！相信你也有同感，不過有個好消息：你已經學到了義語必知的動詞變化！事實上，你到現在學到的動詞變化已足夠你面對旅遊或日常生活中的任何情境。關於動詞變化的形式，想必你已經一清二楚，但是到底怎麼判斷何時要用哪一個呢？在此我想給你一些建議。

1. 我們說話時，大部分的時候都會用到你最早學過的動詞變化，即「Presente」直陳式現在時。因此，開口時自動用「Presente」直陳式現在時，八成沒錯！

②. 如果想述說早上、昨天、上個月、去年或更久以前的行動，大可以採用「Passato prossimo」直陳式近過去時，出錯的可能性就很低！但是如果你講述的行動是在過去經常發生的，就要用「Imperfetto」直陳式未完成時。

③. 要表達在未來將要進行的行動，就要用「Futuro」將來時。也可以運用「Futuro」表示猜測的語氣。

④. 想要直接告訴對方該怎麼做，則要用「Imperativo」命令式。

⑤. 如果你想委婉地提出建議或請求，就要用「Condizionale presente」條件式現在時。

請觀看影片學習
義大利文動詞系統

義大利文動詞系統，除了你到現在所學到的語式和時態，還有哪些呢？請觀看影片進一步了解義語動詞系統。

| 語式 MODO | 時態 TEMPO ||||
|---|---|---|---|---|
| 直陳式 Indicativo | 遠過去時 Passato remoto | 未完成時 Imperfetto | 現在時 Presente | 簡單將來時 Futuro semplice |
| | 遠愈過去時 Trapassato remoto | 近愈過去時 Trapassato prossimo | 近過去時 Passato prossimo | 先將來時 Futuro anteriore |
| 命令式 Imperativo | 現在時 Presente | | | |
| 條件式 Condizionale | 現在時 Presente | 過去時 Passato | | |
| 虛擬式 Congiuntivo | 現在時 Presente | 過去時 Passato | 未完成時 Imperfetto | 近愈過去時 Trapassato |
| 不定式 Infinito | 現在時 Presente | 過去時 Passato | | |
| 過去分詞 Participio | 現在時 Presente | 過去時 Passato | | |
| 副動詞 Gerundio | 現在時 Presente | 過去時 Passato | | |

A1
A2
B1
B2

# APPENDICE
附錄

# APPENDICE
## 附錄

① 附錄1 ｜ 語法篇

② 附錄2 ｜ 各課生詞

③ 附錄3 ｜ 練習解答

# 附錄1 語法篇

## ① 跟「essere」和「avere」組成近過去時的動詞

大部分的動詞跟「avere」形成近過去時。有兩種動詞則跟「essere」形成近過去時，即「反身動詞」和「移動動詞」。也有些動詞跟「avere」和「essere」皆形成近過去時，例如「piovere」（下雨）、「nevicare」（下雪）、「grandinare」（下冰雹）、「diluviare」（下大雨）等氣象相關的動詞。

以下動詞，若接直接受詞，則以「avere」形成近過去時，但如果接間接受詞，則以「essere」形成近過去時。

### 「cominciare」（開始）｜「finire」（結束）

- L'insegnante ha cominciato la lezione.
  老師開始上課了。

- La lezione è cominciata alle 9.
  課9點開始了。

### 「aumentare」（增加）｜「diminuire」（減少）

- L'università ha aumentato la retta.
  大學漲學費了。

- La retta universitaria è aumentata del 5%.
  大學學費漲了5%。

### 「salire」（上）｜「scendere」（下）

- Paolo ha salito le scale.
  Paolo上了樓梯。

- Paolo è salito sull'autobus.
  Paolo上了公車。

### 「cambiare」（改變）

- Francesca ha cambiato dieta.
  Francesca改變了飲食習慣。

- Francesca è molto cambiata.
  Francesca改變了很多。

「**passare**」（度過）

- Paolo ha passato le vacanze estive in Sicilia.
  Paolo在西西里島度過了暑假。

- Paolo è passato in panetteria.
  Paolo去了麵包店一下下。

## ② 形容詞「bello」

形容詞「bello」跟指示形容詞「quello」有類似的行為，它會跟位於名詞前面的定冠詞「il、lo、la、i、gli、le、l'」結合在一起。例如：

- Oggi fa bel tempo!
  今天天氣很好！

  bello **+** il tempo **=** bel tempo

- Silvia ama molto gli animali: ha due bei cani.
  Silvia 非常喜歡動物：她有兩隻漂亮的狗。

  bello **+** i cani **=** bei cani

- Che begli occhi che hai!
  妳的眼睛好漂亮啊！

  bello **+** gli occhi **=** begli occhi

- Giacomo è proprio un bell'uomo!
  Giacomo真是個帥哥！

  bello **+** l'uomo **=** bell'uomo

| bello **+** | il | lo | la | i | gli | le | l' |
|---|---|---|---|---|---|---|---|
| | bel | bello | bella | bei | begli | belle | bell' |

# ③ 條件式現在時

## 3.1 條件式的用法

條件式現在時總共有4個用法：

**1.** 禮貌地提出請求，例如：

> Mi aiuteresti a portare la valigia?
> 你能幫我提行李箱嗎？

> Ci porterebbe due caffè e il conto, per favore?
> 請您帶給我們兩杯咖啡和帳單，好嗎？

**2.** 表達一種願望，例如：

> Comprerei un portatile nuovo, ma non ho i soldi.
> 我好想買一台新的筆記型電腦，但我沒有錢。

> Che bella la Sicilia! Partirei oggi stesso!
> 西西里島好美啊！我好想今天就出發！

**3.** 提供建議，例如：

> Questa offerta di lavoro, io l'accetterei senza pensarci due volte.
> 這樣的工作機會，我會毫不猶豫地接受。

> Non capisco perché sei indeciso. Io Sara me la sposerei subito!
> 我並不明白你在猶豫些什麼。是Sara的話，我會立刻娶進門！

**4.** 消息來源並非百分之百確定的時候，例如：

> Le vittime dell'incidente ferroviario sarebbero 15.
> 火車事故的罹難者好像是15位。

> Il condizionatore sembrerebbe rotto.
> 空調好像壞了。

## 3.2 不規則動詞的條件式現在時

| ESSERE | AVERE | FARE | STARE | VENIRE |
|---|---|---|---|---|
| sarei | avrei | farei | starei | verrei |
| saresti | avresti | faresti | staresti | verresti |
| sarebbe | avrebbe | farebbe | starebbe | verrebbe |
| saremmo | avremmo | faremmo | staremmo | verremmo |
| sareste | avreste | fareste | stareste | verreste |
| sarebbero | avrebbero | farebbero | starebbero | verrebbero |

| DARE | POTERE | VOLERE | DOVERE |
|---|---|---|---|
| darei | potrei | vorrei | dovrei |
| daresti | potresti | vorresti | dovresti |
| darebbe | potrebbe | vorrebbe | dovrebbe |
| daremmo | potremmo | vorremmo | dovremmo |
| dareste | potreste | vorreste | dovreste |
| darebbero | potrebbero | vorrebbero | dovrebbero |

# 附錄2 各課生詞

## ① LEZIONE 1 ｜ 第1課

1. spremuta 現榨果汁
2. frullato 奶昔
3. succo di frutta 罐裝果汁
4. tramezzino 三明治
5. panino 帕尼尼
6. focaccia 佛卡夏

## ② LEZIONE 2 ｜ 第2課

1. camera singola 單人房
2. camera doppia 雙人房
3. camera matrimoniale 加大床雙人房

## ③ LEZIONE 3 ｜ 第3課

1. aspirina 阿斯匹靈
2. sciroppo 感冒糖漿
3. pillola 藥丸
4. compressa 藥片
5. pomata 藥膏
6. cerotto OK繃
7. termometro 溫度計
8. medicine 藥物
---
9. testa 頭
10. gamba 腿
11. ginocchio 膝蓋
---
12. mela 蘋果
13. pera 西洋梨
14. ciliegia 櫻桃
15. fragola 草莓
16. banana 香蕉
17. ananas 鳳梨
18. pesca 桃子
19. melone 哈密瓜
20. anguria 西瓜
21. uva 葡萄
---
22. pomodoro 番茄
23. cipolla 洋蔥
24. carota 紅蘿蔔
25. zucca 南瓜
26. patata 馬鈴薯
27. melanzana 茄子
28. sedano 芹菜
29. cavolo 高麗菜
30. aglio 蒜頭
31. peperone 甜椒

# ④ LEZIONE 4 ｜第4課

1. cucina 廚房
2. bagno 洗手間
3. soggiorno 客廳
4. camera da letto 臥室
5. studio 書房
6. giardino 花園
---
7. letto 床
8. comodino 床頭櫃
9. lampada 檯燈
10. cassettiera 抽屜櫃
11. armadio 衣櫃
12. scrivania 書桌
13. libreria 書櫃
14. tavolo 餐桌
15. sedia 椅子
16. divano 沙發
17. poltrona 單人沙發
18. tavolino 茶几
---
19. sotto 下面
20. sopra 上面
21. davanti a 前面
22. dietro 後面
23. fuori 外面
24. dentro 裡面
---
25. giacca 西裝外套
26. giubbino 休閒夾克
27. cappotto 大衣
28. piumino 羽絨外套
29. impermeabile 雨衣
30. minigonna 迷你裙
31. pantaloncino 短褲
32. completo 西裝
33. pigiama 睡衣
34. mutande 內褲
35. calzini 襪子
36. reggiseno 胸罩
---
37. a tinta unita 素色的
38. a righe 條紋的
39. a quadri 格紋的
40. a pois 點狀的
41. a fiori 花樣的
---
42. seta 蠶絲
43. cotone 棉
44. lana 羊毛
45. lino 麻
46. velluto 天鵝絨
47. poliestere 聚酯纖維
---
48. grande 大的
49. piccolo 小的
50. lungo 長的
51. corto 短的
52. largo 寬的
53. stretto 緊的
54. aderente 貼身的

55.) scarpe di pelle 皮鞋
56.) scarpe col tacco 高跟鞋
57.) scarpe da ginnastica 運動鞋
58.) stivali 靴子
59.) ciabatte 拖鞋
60.) sandali 涼鞋
----------------------
61.) cintura 皮帶
62.) portafoglio 皮夾
63.) borsellino 零錢包

64.) fazzoletto 手帕
65.) fermaglio 髮夾
66.) anello 戒指
67.) occhiali 眼鏡
68.) orecchini 耳環
69.) bracciale 手鍊
70.) orologio 手錶
71.) collana 項鍊
72.) guanti 手套

## ⑤ LEZIONE 5 ｜ 第5課

1.) frutta 水果
2.) verdura 蔬菜
3.) fruttivendolo 水果蔬菜店
4.) fiori 花
5.) fioraio 花店
6.) bistecca 肉排
7.) salsiccia 香腸
8.) macelleria 肉舖
9.) torte 蛋糕
10.) pasticcini 甜點
11.) pasticceria 甜點店
12.) pane 麵包
13.) panetteria 麵包店
14.) sigarette 香菸
15.) biglietti dell'autobus 公車票
16.) tabaccheria 菸草店
17.) giornali 報紙
18.) riviste 雜誌
19.) edicola 書報攤

20.) libri 書籍
21.) riviste 雜誌
22.) libreria 書店
23.) penne 筆
24.) quaderni 筆記本
25.) cartoleria 文具店
26.) gelato 冰淇淋
27.) gelateria 冰淇淋店
28.) salumi 鹹肉
29.) formaggi 起司
30.) salumeria 鹹肉店
----------------------
31.) accanto a 旁邊
32.) di fronte a 對面
33.) tra 之間
34.) al centro di 中間

# (6) LEZIONE 6 ｜ 第6課

1. fare sport 運動
2. andare in palestra 上健身房
3. visitare musei 參觀博物館
4. leggere libri 看書
5. andare al cinema 去電影院
6. ballare 跳舞
7. andare in discoteca 去迪斯可
8. dipingere 畫畫
9. cucinare 做菜
10. fare spese 購物
11. suonare uno strumento musicale 演奏樂器
12. giocare a pallacanestro 打籃球

---

13. rilassante 放鬆的
14. interessante 有趣的
15. divertente 好玩的
16. faticoso 辛苦的
17. noioso 無聊的
18. istruttivo 起教育作用的
19. creativo 有創造力的
20. passivo 被動的

# 附錄 3
## 練習解答

### 1.1　課文翻譯

**Giacomo fa colazione al bar｜Giacomo在咖啡廳吃早餐**

Giacomo deve andare a Siena per partecipare ad un evento gastronomico. Prima di andare in stazione a prendere il treno, come ogni mattina, si ferma al bar sotto casa a fare colazione.

Giacomo必須去錫耶納參加美食活動。去車站坐火車之前，他和每天早上一樣，在樓下的咖啡廳停下來吃早餐。

🧑 Buongiorno! Un cappuccio e un cornetto alla crema, per favore!
早安！請給我一杯卡布和一個卡士達醬可頌！

#### 1.1.a　咖啡廳片語

(1) **Un caffè, per favore!**
一杯咖啡，謝謝！

(2) **Vorrei un caffè!**
我想要一杯咖啡！

(3) **Prendo un caffè!**
我點一杯咖啡！

(4) **Per me un caffè!**
給我一杯咖啡！

#### 1.1.b　何謂義式咖啡｜短文翻譯

　　　　　　　　　　　　　　　　　　　　　　　　　V　F

1. Il "caffè lungo" è un espresso servito in tazzina con una maggiore quantità di acqua.
caffè lungo 指的是水分多一點的濃縮咖啡。　　　☒　☐

2. Il "caffè ristretto" è un espresso servito in tazzina con una minore quantità di acqua.
caffè ristretto 指的是水分少一點的濃縮咖啡。　　☒　☐

3. Il "caffè marocchino" è un espresso servito in una tazzina di vetro con cioccolata calda, schiuma di latte e polvere di cacao.
caffè marocchino指的是加了「cioccolata」（巧克力）和奶泡並且用小玻璃咖啡杯裝的濃縮咖啡。　　☒　☐

4. Il "caffè con panna" è un espresso servito in ~~tazza~~ **tazzina** con la panna montata.
caffè con panna指的是加了打發的鮮奶油並且在**小咖啡杯**裝的濃縮咖啡。

5. Il "caffè corretto" è un espresso servito in ~~tazza~~ **tazzina** con l'aggiunta di liquore.
caffè corretto指的是加了甜酒並且用**小咖啡杯**裝的濃縮咖啡。

6. Il "caffè macchiato" è un espresso servito in tazzina con l'aggiunta di ~~latte caldo~~ **schiuma di latte** .
caffè macchiato指的是加了「**schiuma di latte**」（**奶泡**）並且用小咖啡杯裝的濃縮咖啡。

7. Il "caffè al vetro" è un espresso servito in una tazzina di vetro.
caffè al vetro指的是用小玻璃咖啡杯裝的濃縮咖啡。

8. Il "cappuccino", chiamato anche "cappuccio", è un espresso servito in tazza con l'aggiunta di latte caldo e schiuma di latte.
cappuccino也叫做cappuccio，指的是加「latte caldo」（熱牛奶）和奶泡並用咖啡杯裝的濃縮咖啡。

9. Il "caffelatte" è un espresso servito in ~~tazza~~ **un bicchiere di vetro** con l'aggiunta di latte caldo.
caffelatte 指的是用**玻璃杯**裝的濃縮咖啡加熱牛奶。

10. Il "latte macchiato" è un espresso servito in un bicchiere di vetro con l'aggiunta di latte caldo e schiuma di latte.
latte macchiato指的是用玻璃杯裝的濃縮咖啡加熱牛奶和奶泡。

### 1.1.c 義式咖啡須知

|   |   | V | F |
|---|---|---|---|
| 1. | 義大利人只有早餐的時候才喝「cappuccino」。 | ☒ | ☐ |
| 2. | 「caffè moka」指的是含巧克力的咖啡。 | ☐ | ☒ |
| 3. | 義大利人喜歡點「caffè ristretto」因為比「espresso」便宜。 | ☐ | ☒ |
| 4. | 濃縮咖啡的咖啡因含量比美式咖啡高。 | ☐ | ☒ |
| 5. | 「latte」指的是咖啡味不那麼濃的卡布奇諾。 | ☐ | ☒ |

### 1.1.c 短文翻譯

## Sul caffè italiano｜關於義式咖啡

Per gli italiani il "cappuccino" è una bevanda da colazione, quindi dopo la colazione non lo ordinano più. Se dopo pranzo vogliono bere un caffè con l'aggiunta di latte, allora ordinano un "macchiato" o un "marocchino". Ma attenzione: con "caffè moka" in Italia si intende il caffè fatto con la moka, quindi se vuoi bere un caffè con l'aggiunta di cioccolata ricorda di ordinare un "marocchino".

對義大利人來說,「cappuccino」(卡布奇諾)是早餐的飲料,因此早餐過後就不點卡布奇諾。如果中午過後想要喝含牛奶的咖啡,就會點「macchiato」或「marocchino」。但是,請注意,在義大利「caffè moka」指的是用摩卡壺煮的咖啡,所以想要喝含巧克力的咖啡,請記得要點「caffè marocchino」。

Il "caffè espresso", il "caffè ristretto", e il "caffè lungo" hanno tutti lo stesso prezzo, in quanto hanno tutti 8 grammi di polvere di caffè, l'unica differenza è la quantità di acqua. A non pochi italiani piace ordinare il "caffè ristretto" perché ha meno caffeina. Generalmente, l'espresso ha meno caffeina di un caffè americano, perché la quantità di caffeina dipende dal tempo di estrazione.

「caffè espresso」、「caffè ristretto」、「caffè lungo」的價位都一樣,因為咖啡粉的用量同樣是8公克,唯一的差別是水量。不少義大利人喜歡點「caffè ristretto」,因為咖啡因含量特別低。總的來說,濃縮咖啡的咖啡因含量比美式咖啡低,因為咖啡因含量取決於萃取時間。

In Italia "latte" significa 「牛奶」, quindi assolutamente non ordinare un bicchiere di "latte", a meno che tu non voglia bere del latte... Se invece vuoi bere un 「拿鐵」, devi ordinare un "latte macchiato".

在義大利「latte」的意思是牛奶，所以千萬不要點一杯「latte」，除非你想喝牛奶⋯⋯想要喝拿鐵，要點「latte macchiato」。

### 1.1.d 不定冠詞

1. 「un」搭配 **陽性** 的名詞。
2. 「una」搭配 **陰性** 的名詞。
3. 「uno」搭配以 **z-** 或 **s + 子音** 開頭的陽性名詞。
4. 「un'」搭配以母音開頭的 **陰性** 名詞。

### 1.2 課文翻譯

#### Giacomo e la vicina di casa ｜ Giacomo和他的鄰居

Mentre Giacomo sta bevendo il cappuccino, entra nel bar Nadia la sua vicina di casa.

當Giacomo喝卡布奇諾時，他的鄰居Nadia走進了咖啡廳。

- Buongiorno Nadia! Anche tu qui! Come stai?
  早安，Nadia！妳也來了！妳好嗎？

- Insomma, non c'è male...
  嗯，還不錯⋯⋯

- Cosa prendi? Offro io!
  妳要點什麼？我請客！

- Gentilissimo come sempre! Una spremuta d'arancia e un tramezzino pomodoro e mozzarella.
  你總是那麼客氣！一杯柳橙汁和一個番茄和莫札瑞拉乳酪三明治。

### 1.2.a 請客的片語

1. **Cosa ti offro?**
   我可以招待你什麼呢？

2. **Cosa prendi?**
   你點什麼呢？

3. **Offro io!**
   我請客！

### 1.2.a 短文翻譯
## Gli italiani sono generosi? | 義大利人很慷慨嗎？

Gli italiani, soprattutto nel sud d'Italia, sono molto generosi e amano offrire al bar. Ma se si va al bar o in pizzeria in gruppo, solitamente "si fa alla romana", cioè si divide il conto in parti uguali. L'abitudine cinese che uno del gruppo paga per tutti, metterebbe tutti molto a disagio.

義大利人，尤其是南義人，非常慷慨，喜歡在咖啡廳請客。但如果是結伴去咖啡廳或披薩店，通常採用「羅馬式」結帳，也就是平均分擔。華人有一個人請所有人的習慣，會讓義大利人感覺不舒服。

Anche in Italia ci sono gli "avari", e i genovesi in particolare sono famosi per avere "le braccia corte". O peggio ancora gli "scrocconi", ovvero delle persone che cercano sempre di approfittare della generosità degli altri.

在義大利也有「小氣鬼」，尤其是熱那亞人以擁有「短臂」而聞名。更糟糕的還有「貪小便宜的人」，就是指總是佔別人便宜的人。

### 1.2.b 咖啡廳的餐點

**1.** la spremuta
現榨果汁：

- **la spremuta di limone** 檸檬汁
- **la spremuta di arancia** 柳橙汁
- **la spremuta di pompelmo** 葡萄柚汁

**2.** il succo di frutta
罐裝果汁：

- **il succo alla pesca** 桃子汁
- **il succo alla pera** 西洋梨汁
- **il succo all'albicocca** 杏桃汁

**③** il frullato
現打果昔：

**il frullato di banana**　香蕉果昔
**il frullato di fragola**　草莓果昔

**④** il tramezzino
三明治

**⑤** il panino
帕尼尼

**⑥** la focaccia
佛卡夏

### 1.2.b 短文翻譯

## La colazione degli italiani｜義大利人的早餐

La colazione a casa degli italiani comprende il latte o il caffelatte con i biscotti, o con le fette biscottate con burro e marmellata. I giovani e le ragazze preferiscono lo yogurt, il latte con i cereali, la spremuta d'arancia o i succhi di frutta. Molti italiani fanno colazione al bar: l'abbinamento classico è un cappuccino con un cornetto o una pasta di altro tipo. E non pochi, infine, la mattina non mangiano niente, e bevono solo un caffè.

義大利人在家的早餐包括牛奶或咖啡和餅乾，或者「烤麵包片」加奶油和果醬。年輕人和女孩的最愛是優格、牛奶加麥片、柳橙汁或果汁。許多義大利人在咖啡廳吃早餐：經典的搭配是卡布奇諾和可頌或其他類型的甜食。最後，還有不少人早上什麼都不吃，只喝一杯咖啡。

## 1.2.c 直陳式現在時

**comprare**
買

compr **o**
compr **i**
compr **a**
compr **iamo**
compr **ate**
compr **ano**

**vendere**
賣

vend **o**
vend **i**
vend **e**
vend **iamo**
vend **ete**
vend **ono**

**offrire**
請客

offr **o**
offr **i**
offr **e**
offr **iamo**
offr **ite**
offr **ono**

**giocare**
玩

gioc **o**
gioc **hi**
gioc **a**
gioc **hiamo**
gioc **ate**
gioc **ano**

**pagare**
付錢

pag **o**
pag **hi**
pag **a**
pag **hiamo**
pag **ate**
pag **ano**

**capire**
懂

cap **isco**
cap **isci**
cap **isce**
cap **iamo**
cap **ite**
cap **iscono**

## 1.2.d 物主形容詞

1. 「物主形容詞」是跟 **後面** 的名詞保持詞性和數量一致，而非跟物主保持一致。

2. 「物主形容詞」前面要加定冠詞。不過，搭配 **單數的家屬稱謂** 的物主形容詞之前不用加定冠詞。

課文中所出現的物主形容詞：「la sua」。

## 1.3 課文翻譯

### Giacomo va a Siena｜Giacomo到錫耶納

Giacomo è arrivato in stazione. Ha già comprato il giornale e adesso va in biglietteria a comprare il biglietto del treno.

Giacomo已經到了車站。他已經買了報紙，現在他去售票處買火車票。

- Buongiorno! Quand'è il prossimo treno per Siena?
  早安！下一班去錫耶納的火車是什麼時候？

- Alle 9.
  9點。

- È un diretto?
  是直達的嗎？

- No, deve cambiare a Firenze.
  不，在佛羅倫斯要轉車。

- Quanto ci mette?
  要多久呢？

- Il Frecciarossa arriva a Firenze alle 10:30, poi il Regionale per Siena parte alle 11.
  Frecciarossa10:30抵達佛羅倫斯，然後到錫耶納的區間車11點出發。

- A che ora arriva a Siena?
  幾點到錫耶納？

- Alle 12:30.
  在12:30。

- Va bene! Un biglietto solo andata posto finestrino per favore. Da che binario parte?
  好的！請給一張靠窗座位的單程票。從幾號月臺出發呢？

- Dal binario 9. Ecco a Lei, arrivederci!
  從9號月臺。給您，再見！

### 1.3.a 火車站的片語

1. **Un biglietto solo andata.**
   一張單程票。

2. **Un biglietto andata e ritorno.**
   一張來回票。

3. **Il treno è in orario.**
   火車很準時。

④ **Il treno è in ritardo.**
火車誤點了。

⑤ **Da quale binario parte?**
從幾號月臺出發？

⑥ **A che ora parte?**
幾點出發？

⑦ **A che ora arriva?**
幾點抵達？

⑧ **Quanto ci mette?**
要多久？

⑨ **È un diretto?**
直達嗎？

⑩ **Buon viaggio!**
旅途愉快！

**1.3.b** 義大利火車須知

① Frecciarossa — a. più economico ma anche più lento e meno frequente
② Intercity — 
③ Regionale — b. il più economico e affollato
　　　　　　　　c. il più veloce ma anche il più caro

## 1.3.b 短文翻譯

### I treni italiani｜義大利火車種類

In Italia principalmente ci sono tre tipi di treni. Il Frecciarossa è il più veloce, poi c'è l'Intercity che collega le principali città italiane, e il Regionale che si ferma in tutte le città di una regione.

在義大利，主要有三種火車。「Frecciarossa」是最快的，其次是連接義大利主要城市的「Intercity」，最後是停靠單一大區內所有城市的「Regionale」。

L'Intercity è più economico del Frecciarossa ma anche più lento e meno frequente. Il Regionale è il più economico, ma anche il più lento e affollato perchè è il treno dei pendolari.

「Intercity」比「Frecciarossa」便宜，但速度較慢且班次沒有那麼頻繁。「Regionale」是最便宜的，但也是最慢和最擁擠的，因為它是通勤族的列車。

Il Frecciarossa è solitamente in orario, l'Intercity e il Regionale invece sono spesso in ritardo. Se vuoi risparmiare, devi comprare il biglietto del Frecciarossa con alcune settimane di anticipo, e puoi farlo online!

「Frecciarossa」大多是準時的，「Intercity」和「Regionale」則經常誤點。如果你想省錢，你必須提前幾週購買「Frecciarossa」的車票，也可以在網上購買！

## 1.3.c 比較級與最高級

**最高級的結構**

è + 定冠詞 + più + 形容詞

**比較級的結構（一）**

A + è + più + 形容詞 + di + B

**比較級的結構（二）**

A + è + meno + 形容詞 + di + B

**比較級的結構（三）**

A + è + 形容詞 + come/quanto + B

### 1.3.d 直陳式近過去時

1. 近過去時描述已經完成了的行動
2. 近過去時由「avere」動詞 + **過去分詞** 組成
3. 過去分詞的變位：

    are | **ato**
    ere | **uto**
    ire | **ito**

4. 兩種動詞用「essere」動詞組成近過去時：

    **返身動詞**
    **移動動詞**

5. 位於「essere」動詞後面的過去分詞的行為跟形容詞一樣，要跟主詞保持詞性和數量一致

### 2.1 課文翻譯

## Giacomo in albergo｜Giacomo到飯店

Giacomo è arrivato in albergo.
Giacomo到了飯店。

- Buongiorno! Ha una prenotazione?
  早安！您有訂房嗎？

- Sì, a nome di Giacomo Porelli.
  是的，我用Giacomo Porelli這個名字預定。

- Dal 23 al 25, due notti, una camera singola, giusto?
  23號到25號，兩晚，單人房，對吧？

- Esatto!
  沒錯！

- Un documento per favore. La camera 301 dà sul giardino, va bene?
  請給我一份證件。301房面向花園，可以嗎？

- Sì grazie! Ho proprio bisogno di una camera silenziosa e luminosa!
  好啊，謝謝！我真的需要一個安靜明亮的房間！

- La colazione è dalle 8 alle 10 nel ristorante al primo piano.
  早餐是8點到10點，在一樓的餐廳。

- Scusi, la piscina e il centro benessere fino a che ora sono aperti?
  請問，游泳池和養生會館營業到幾點？

## 2.1.a 飯店片語（一）

1. **Vorrei una camera singola.**
   我要一間單人房。
2. **Quant'è a notte?**
   一晚多少錢？
3. **La colazione è compresa?**
   含早餐嗎？
4. **A che ora è la colazione?**
   幾點提供早餐？
5. **Vorrei una camera con vista.**
   我想要一間有景觀的房間。
6. **Vorrei una camera che dà sulla piazza.**
   我想要一間面向廣場的房間。
7. **Vorrei una camera che dà sul mare.**
   我想要一間面向海的房間。
8. **Posso cambiare camera?**
   可以換房間嗎？
9. **C'è il Wi-Fi in camera?**
   房間裡有無線網路嗎？
10. **Qual è la password del Wi-Fi?**
    無線網路的密碼是什麼？
11. **A che ora bisogna lasciare la camera?**
    幾點要退房？

## 2.1.b 以-o / -a為結尾的名詞

1. 以「-o」為結尾的名詞是 [陽性] 陰性 [單數] 複數 。
2. 以「-a」為結尾的名詞是 陽性 [陰性] [單數] 複數 。
3. 以「-i」為結尾的名詞是 [陽性] 陰性 單數 [複數] 。
4. 以「-e」為結尾的名詞是 陽性 [陰性] 單數 [複數] 。

## 2.1.c 以-e為結尾的名詞

1. 以「-e」為結尾的名詞是 [單數] 複數 。
2. 以「-i」為結尾的名詞是 單數 [複數] 。
3. 隨和組的名詞大都是 [陽性] 陰性 。

## 2.2 課文翻譯

### Giacomo e la camera d'albergo ｜ Giacomo在飯店的房間

Giacomo entra in camera e telefona alla moglie.
Giacomo走進房間，打電話給他的妻子。

- Pronto?
  喂？

- Sono io! Sono in albergo.
  是我！我在旅館。

- Com'è la camera?
  房間怎麼樣？

- Favolosa: grande, luminosa, pulita, con vista sul giardino.
  很棒：寬敞、明亮、乾淨，花園景觀。

- Come ti invidio!
  我好羨慕你！

- L'albergo è moderno: oltre al giardino, c'è la piscina, la palestra e addirittura il centro benessere.
  這家旅館很現代化：除了花園，還有游泳池、健身房，甚至還有養生會館。

- Accipicchia!
  哇！

- Fra un po' mi cambio e scendo giù a rilassarmi un po'!
  待會兒我換衣服下去放鬆一下！

- Sei stanco?
  你很累了嗎？

- A dire la verità no, però mi vorrei fare una doccia, ma accidenti… non c'è l'acqua calda! Scusa un attimo che chiamo alla reception.
  說實話不累，但我想洗個澡，可惡……竟然沒有熱水！等我一下，我打電話給櫃臺。

- Reception, come posso aiutarLa?
  飯店櫃臺，有什麼可以為您效勞的嗎？

- Chiamo dalla camera 301. Scusi, c'è un problema: non c'è l'acqua calda.
  我是從301房打來的。不好意思，有一個問題：沒有熱水。

- Ci scusiamo per il disagio. Mandiamo immediatamente qualcuno a controllare.
  造成您的不便，我們深感歉意。我們立刻派人過去查看。

## 2.2.a 飯店片語（二）

1. **Non c'è l'acqua calda.**
   沒有熱水。

2. **Non ci sono gli asciugamani.**
   沒有毛巾。

3. **C'è puzza di cibo.**
   有食物的臭味。

4. **C'è puzza di fumo.**
   有菸味。

5. **La camera è sporca.**
   房間很髒。

6. **La camera è disordinata.**
   房間很亂。

7. **Il condizionatore non funziona.**
   冷氣壞了。

8. **Il riscaldamento non funziona.**
   暖氣壞了。

9. **Il televisore non funziona.**
   電視機壞了。

10. **Il ventilatore non funziona.**
    電風扇壞了。

11. **Il fon non funziona.**
    吹風機壞了。

12. **La maniglia della porta è rotta.**
    門把壞了。

## 2.2.b 在飯店客訴

1. 賓客對房間不滿意。為什麼？
   **La camera è piccola e rumorosa.**
   房間又小又吵。

2. 對話中，你看到了哪些可以用來描述房間的形容詞呢？
   **Piccola, rumorosa, tranquilla.**
   小、吵、安靜。

③ 賓客想換房間。他怎麼提出請求？
**Posso cambiare camera?**
我可以換房間嗎？

### 2.2.b 對話翻譯

 Mi scusi tanto, ma la camera non mi piace. È piccola e rumorosa per via della strada. Posso cambiare camera?
很抱歉，但我不喜歡這間房間。因為很小又靠近街道而吵。我可以換房間嗎？

 Vorrei aiutarLa, ma purtroppo stasera sono tutte occupate. Però domani si libera una camera con vista sul cortile interno. Molto più tranquilla!
我很想幫助您，但不幸的是今晚客滿了。但有一間面向內部庭院的房間明天會空出來。安靜多了！

 Va bene, posso aspettare fino a domani.
好吧，我能等到明天。

### 2.2.c 形容詞

|  | -o / -a 結尾（機車組） |  | -e 結尾（隨合組） |
| --- | --- | --- | --- |
|  | 陽性 | 陰性 |  |
| 單數 | -o | -a | -e |
| 複數 | -i | -e | -i |

### 2.2.d 反身動詞

① 「反身動詞」指的是在 **自己身上** 造成變化的行動。
② 「反身動詞」 **前面** 要加「反身代名詞」。
③ 「反身代名詞」有 mi、**ti**、si、**ci**、vi、si。

## 2.3 課文翻譯

### Giacomo va alle terme | Giacomo去泡溫泉

- Pronto?
  喂？

- Ciao Giacomo, sono la mamma! Come stai?
  嗨，Giacomo，我是媽媽！你好嗎？

- Non c'è male! Oggi sono a Firenze per lavoro.
  還不錯！今天我在翡冷翠工作。

- Che tempo fa lì?
  那裡的天氣怎麼樣？

- Qui oggi fa bel tempo, c'è il sole.
  今天這裡天氣很好，出太陽。

- Come ti invidio! Qui invece è nuvoloso e c'è vento. Quando torni a Roma? Domani?
  好羨慕你啊！我們這邊陰天而且有風。你什麼時候回羅馬？明天嗎？

- No, domani vado a Saturnia a fare un bagno alle terme. Ci sei mai stata?
  不，明天我要去Saturnia泡溫泉。妳去過那裡嗎？

- Purtroppo no! E ora che ci penso, non ho mai fatto un bagno alle terme...
  可惜沒有！現在我想起來，我從來沒有泡過溫泉……

### 2.3.a 談論天氣

1. **Fa freddo!**
   天氣很冷！

2. **Fa caldo!**
   天氣很熱！

3. **C'è il sole!**
   出太陽！

4. **C'è vento!**
   颱風！

5. **Ci sono 40 gradi!**
   有40度！

6. **È nuvoloso!** 多雲！

7. **Nevica!** 下雪！

8. **Piove!** 下雨！

## 2.3.c 介系詞「a」

1. a + 城市
2. a + 島嶼
3. a + 原形動詞
4. a + 月份
5. a + 場所
6. a + 口味
7. a + 明確時間

「a」的縮合介系詞

|   | il | lo | la | i | gli | le | l' |
|---|---|---|---|---|---|---|---|
| a | al | allo | alla | ai | agli | alle | all' |

## 2.3.d 介系詞「da」

1. da + 時間
2. da 等同中文的「從」
3. da 等同中文的「離」
4. da + 人名
5. da + 職業

「da」的縮合介系詞

|    | il | lo | la | i | gli | le | l' |
|----|----|----|----|---|-----|----|----|
| da | dal | dallo | dalla | dai | dagli | dalle | dall' |

## 3.1 課文翻譯

### Silvia va dal dottore｜Silvia去看醫生

- Buongiorno dottore!
  醫生，早安！

- Ciao Silvia! Tutto bene?
  Silvia，妳好！都好嗎？

- Se sono qui...
  如果我來這裡，代表……

- Hai ragione! Che succede?
  對吼！怎麼了？

- Luca non sta bene.
  Luca不舒服。

- Mi dispiace. Come si sente?
  好可憐。他怎麼了？

- Ha 37 di febbre, il mal di gola e il naso chiuso.
  他發燒37度，喉嚨痛，而且鼻塞。

- Sono i sintomi tipici dell'influenza. Ha anche la tosse?
  這些是流感的典型症狀。他也有咳嗽嗎？

- Sì, ha una brutta tosse.
  對，他咳得很厲害。

- Dagli questa aspirina tre volte al giorno dopo i pasti, e questo sciroppo per la tosse.
  每天三餐飯後，給他這個阿斯匹靈和止咳糖漿。

### 3.1.a 診所的片語

1. **Non mi sento bene.**
   我不舒服。
2. **Ho 37°/38°/39° di febbre.**
   我發燒37 / 38 / 39度。
3. **Ho una brutta tosse.**
   我咳嗽得很厲害。
4. **Ho un forte mal di testa.**
   我頭痛得很厲害。
5. **Ho un forte mal di denti.**
   我牙痛得很厲害。
6. **Ho un semplice raffreddore.**
   我有輕微的感冒。
7. **Mi fa male la pancia.**
   我肚子很痛。

### 3.1.b 藥物相關的詞彙

1. **l'aspirina**
   阿斯匹靈
2. **lo sciroppo**
   感冒糖漿
3. **la pillola**
   藥丸
4. **la compressa**
   藥片
5. **la pomata**
   藥膏
6. **il cerotto**
   OK繃
7. **il termometro**
   溫度計
8. **le medicine**
   藥物

## 3.1.c 單數定冠詞

1. 「la」搭配 **陰性** 單數的名詞
2. 「il」搭配 **陽性** 單數的名詞
3. 「lo」搭配以 **z-** 或 **s + 子音** 開頭的陽性單數名詞
4. 「l'」搭配以 **母音** 開頭的單數名詞

## 3.1.d 短文翻譯

### In Italia dal medico｜怎麼在義大利看醫生

In Italia quando si va dal medico non c'è bisogno di **registrarsi**, bisogna solo fare la fila ed aspettare il proprio turno. Alla fine della visita il medico **prescrive le medicine** da prendere, quante volte al giorno, quando, e per quanto tempo.

在義大利，看病無須掛號，只需排隊等候就診。醫生看完病就會開藥，並告知一天服用多少次、何時服用以及服用多長時間。

Le medicine non si comprano in **ambulatorio** o in ospedale, ma in farmacia. Ci sono due tipi di medicine, quelle che possono essere **acquistate** "**senza** ricetta medica", e quelle per cui è necessario dare al farmacista la "**ricetta**" compilata dal medico.

診所或醫院不提供藥物，必須在藥局購買。有兩種藥物：「無須處方箋藥物」和「處方箋藥物」。

## 3.2 課文翻譯

### Silvia va dal fruttivendolo｜Silvia到蔬菜水果店

Silvia deve fare la spesa. Prima va dal fruttivendolo, e poi in salumeria.
Silvia要去買菜。她先去蔬菜水果店,然後去鹹肉店。

- Buongiorno! Prego!
  早安!請!

- Un chilo e mezzo di pomodori e mezzo chilo di cipolle, per favore!
  請給我一公斤半的番茄和半公斤的洋蔥!

- Qualcos'altro?
  還要別的嗎?

- Sì, vorrei dei peperoni.
  是的,我想要幾顆甜椒。

- Li vuole gialli o rossi?
  您想要黃色的還是紅色的?

- Misti.
  都要。

- Quanti ne vuole?
  您要幾顆?

- Un chilo… e vorrei anche della frutta, ma non so cosa prendere…
  一公斤……我也想要一些水果,但我不知道該買什麼……

- Ho delle pesche molto buone, oppure dei meloni dolcissimi, o dei fichi freschissimi!
  我有一些很好的桃子,還有一些非常甜的哈密瓜,還有一些非常新鮮的無花果!

- No, non ne posso più di mangiare fichi! Quanto viene l'uva?
  不,無花果我已經吃膩了!葡萄怎麼賣?

- 2 euro al chilo.
  每公斤2歐元。

- Va bene, ne prendo mezzo chilo.
  好的,我買半公斤。

- Basta così?
  夠了嗎?

- Sì grazie, quant'è?
  是的,謝謝,多少錢?

## 3.2.a 水果相關的詞彙

1. **la mela** 蘋果
2. **la pera** 西洋梨
3. **la ciliegia** 櫻桃
4. **la fragola** 草莓
5. **la banana** 香蕉
6. **l'ananas** 鳳梨
7. **la pesca** 桃子
8. **il melone** 哈密瓜
9. **l'anguria** 西瓜
10. **l'uva** 葡萄

## 3.2.b 蔬菜相關的詞彙

1. **la zucca** 南瓜
2. **il pomodoro** 番茄
3. **la cipolla** 洋蔥
4. **la carota** 紅蘿蔔
5. **la patata** 馬鈴薯
6. **la melanzana** 茄子
7. **il sedano** 芹菜
8. **il cavolo** 高麗菜
9. **l'aglio** 蒜頭
10. **il peperone** 甜椒

## 3.2.c 複數定冠詞

1. 「le」搭配 **陰性複數** 的名詞。
2. 「i」搭配 **陽性複數** 的名詞。
3. 「gli」搭配以 **z-、s + 子音、母音** 開頭的陽性複數名詞。

## 3.2.d 代名詞「ne」

1. Ma Sara è solo ingrassata o è incinta?
   但Sara只是變胖了還是懷孕了？

   **Che ne so**?
   我哪知道？

2. 🧑 Dove vai in vacanza quest'estate?
   今年夏天你要去哪裡度假？
   👨 Vado sulla Costa Smeralda in Sardegna. È molto caro, ma **ne vale la pena**!
   我要去撒丁島的翡翠海岸。那裡非常昂貴，但很值得！

3. 🧑 Mi puoi spiegare cosa sta succedendo?
   你能向我解釋發生了什麼事嗎？
   👨 Non adesso, **ne parliamo più tardi**.
   現在不方便，再說吧！

4. 🧑 Benvenuto Paolo, accomodati!
   Paolo歡迎你，請坐！
   👨 Ma avete invitato anche la mia ex? **Me ne vado**!
   什麼？！你也邀請了我的前任？我要走了！

## 3.3 課文翻譯

### Silvia va in salumeria｜Silvia去鹹肉店

Silvia va in salumeria.
Silvia去鹹肉店。

🧑 Fate anche i panini?
你們也做帕尼尼來賣嗎？

👨 Sì! Quanti ne vuole?
是的！您想要幾個呢？

🧑 Ne prendo uno solo con la mortadella, perché la mangio raramente.
我只要一個加粉紅大香腸的，因為我不常吃。

👨 Qualcos'altro?
還要別的嗎？

🧑 Mi dia anche del pecorino, per favore.
也請給我一點羊奶乾酪。

👨 Lo vuole fresco o stagionato?
您想要新鮮的還是陳年的？

🧑 Stagionato. E anche due mozzarelle e due etti di gorgonzola.
陳年的。再給我兩顆莫札瑞拉乳酪和兩百克戈貢佐拉起司。

👨 Il gorgonzola dolce o piccante?
原味的還是辣味的呢？

## 3.3.a 買菜的片語

1. **Vorrei un chilo di mele.**
   想要一公斤的蘋果。
2. **Vorrei due chili di mele.**
   想要兩公斤的蘋果。
3. **Vorrei mezzo chilo di fragole.**
   想要半公斤的草莓。
4. **Vorrei un etto di Parmigiano.**
   想要一百公克的帕馬森起司。
5. **Vorrei due etti di Parmigiano.**
   想要兩百公克的帕馬森起司。
6. **Quanto costa?**
   多少錢？（搭配單數名詞）
7. **Quanto costano?**
   多少錢？（搭配複數名詞）
8. **Quant'è in tutto?**
   總共多少錢？
9. **Qualcos'altro?**
   還要別的嗎？
10. **Basta così!**
    這樣就可以了！

## 3.3.b 直接受詞代名詞

1. 直接受詞代名詞「lo」替代 **陽性單數** 的名詞
2. 直接受詞代名詞「la」替代 **陰性單數** 的名詞
3. 直接受詞代名詞「li」替代 **陽性複數** 的名詞
4. 直接受詞代名詞「le」替代 **陰性複數** 的名詞

## 3.3.d 縮合介系詞

|    | il  | lo     | la     | i   | gli   | le     | l'    |
|----|-----|--------|--------|-----|-------|--------|-------|
| di | **del** | dello  | della  | **dei** | degli | **delle** | **dell'** |
| a  | **al**  | **allo** | alla   | ai  | agli  | **alle** | all'  |
| da | **dal** | dallo  | **dalla** | dai | dagli | dalle  | dall' |
| in | **nel** | nello  | nella  | nei | negli | nelle  | **nell'** |
| su | **sul** | sullo  | sulla  | sui | sugli | sulle  | **sull'** |

## 4.1 課文翻譯

### Claudio e le chiavi | Claudio的鑰匙

Claudio e Giulia devono andare al centro commerciale a fare spese, ma Claudio non trova le chiavi della macchina...
Claudio和Giulia要去百貨公司買東西，Claudio卻找不到汽車鑰匙……

- Giulia, per caso hai visto le chiavi della macchina?
  Giulia，妳有沒有看到汽車鑰匙？

- Non sono sulla scrivania?
  不是在書桌上嗎？

- No, ho già controllato, non ci sono.
  沒有，我已查看過了，沒有。

- Sul comodino in camera da letto?
  在臥室的床頭櫃上呢？

- Neanche lì!
  那裡也沒有！

- Controlla sul tavolo nel soggiorno...
  看看客廳的桌子上……

- Niente! Mi dai una mano a cercare, per favore?
  都沒有！妳可以幫我找一下嗎？

- Va bene! Vado a vedere in bagno, tu cerca in cucina.
  可以啊！我去洗手間看看，你去廚房看看。

- Ma dai! Io non metto mai le chiavi della macchina in bagno o in cucina...
  拜託！我不可能把汽車鑰匙放在浴室或廚房裡……

- Hai controllato nelle tasche del giubbotto?
  你檢查過你外套的口袋嗎？

- Che stupido! Hai ragione, sono qui!
  我好笨！妳說得對，就在這裡！

- Claudio... stai invecchiando proprio male!
  Claudio……你衰老得很快喔！

### 4.1.a 房屋相關的詞彙

1. 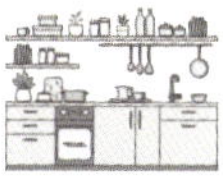 *la cucina* 廚房
2.  **il bagno** 洗手間
3.  **il soggiorno** 客廳
4.  **la camera da letto** 臥室
5.  **lo studio** 書房
6.  **il giardino** 花園

### 4.1.b 傢俱相關的詞彙

1.  *il letto* 床
2.  **il comodino** 床頭櫃
3.  **la lampada** 檯燈
4.  **la cassettiera** 抽屜櫃
5.  **l'armadio** 衣櫃
6.  **la scrivania** 書桌
7. 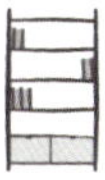 **la libreria** 書櫃
8.  **il tavolo** 桌子
9.  **la sedia** 椅子
10.  **il divano** 沙發
11.  **la poltrona** 單人沙發
12.  **il tavolino** 茶几

### 4.1.c 存在句

1. 「c'è」後面的第一個名詞必須是 **單數名詞**，「ci sono」後面的 **第一個名詞** 必須是複數名詞。

2. 想表達「沒有」的意思，只要在「c'è」和「ci sono」前面加否定副詞 **non**。

### 4.1.d 方位詞（一）

1.  Il gatto è **sotto** il letto.
   sotto: 下面

2.  Il gatto è **sopra** il divano.
   sopra: 上面

3. Il gatto è **davanti** allo zaino.
davanti a: 前面

4. Il gatto è **dietro** lo zaino.
dietro: 後面

5. L'uccello è **fuori** la gabbia.
fuori: 外面

6. L'uccello è **dentro** la gabbia.
dentro: 裡面

## 4.2　課文翻譯

### Claudio in un negozio di abbigliamento｜Claudio到一家服裝店

Claudio e Giulia entrano in un negozio di abbigliamento.
Claudio和Giulia走進一家服裝店。

Posso provare la camicia blu in vetrina?
可以試穿櫥窗裡那件藍色的襯衫嗎？

Quale? Quella a righe o quella a quadri?
哪一件？條紋的還是格紋的？

Quella a righe, grazie! Vorrei provare anche questa rosa a tinta unita.
條紋的那件，謝謝！我也想試穿這件粉紅素色的。

Che taglia?
什麼尺寸？

La elle.
L。

Ecco, il camerino è lì!
給您，更衣室在那裡！

Mi piacciono! Quant'è in tutto?
我都喜歡！一共多少錢？

90 euro.
90歐元。

C'è uno sconto?
有折扣嗎？

Mi dispiace, purtroppo no!
很抱歉，可惜沒有！

Posso pagare con carta?
可以刷卡嗎？

## 4.2.a 服裝店的片語

1. **Posso vedere quella camicia?**
   可以看那件襯衫嗎？
2. Vorrei una cravatta di seta.
   我想要一條絲做的領帶。
3. **Posso provare questo pantalone?**
   可以試穿這條褲子嗎？
4. **Dov'è il camerino?**
   更衣室在哪裡？
5. Il pantalone è troppo largo.
   褲子太寬了。
6. **Che taglia (porta)?**
   什麼尺寸？
7. Porto la esse.
   我穿S。
8. **Quant'è (in tutto)?**
   總共多少錢？
9. **C'è uno sconto?**
   有折扣嗎？
10. **Posso pagare con carta?**
    可以用信用卡付錢嗎？

## 4.2.b 服裝相關的詞彙

1. *la giacca* 西裝夾克
2. **il giubbino** 休閒夾克
3. **il cappotto** 大衣
4. **il piumino** 羽絨外套
5. **l'impermeabile** 雨衣
6. **la minigonna** 迷你裙
7. **il pantaloncino** 短褲
8. **il completo** 西裝
9. **il pigiama** 睡衣
10. **le mutande** 內褲
11. **i calzini** 襪子
12. **il reggiseno** 胸罩

## 4.2.d 指示形容詞

| 這個 | 這些 | 那個 | 那些 |
|---|---|---|---|
| questo | **questa** | **quel** | quella |
| **questi** | queste | quei | **quelle** |

| quello + | il | lo | la | i | gli | le | l' |
|---|---|---|---|---|---|---|---|
| | **quel** | quello | quella | quei | **quegli** | quelle | **quell'** |

| bello + | il | lo | la | i | gli | le | l' |
|---|---|---|---|---|---|---|---|
| | **bel** | bello | bella | bei | **begli** | belle | **bell'** |

## 4.3 課文翻譯

### Claudio in un negozio di calzature｜Claudio到一家鞋店

Claudio e Giulia entrano in un negozio di calzature.
Claudio和Giulia走進一家鞋店。

- Vorrei provare un paio di scarpe da ginnastica.
  我想試穿一雙運動鞋。

- Queste sono in offerta!
  這些都有優惠！

- Anche queste sono in offerta?
  那這些也有優惠嗎？

- No, mi dispiace!
  沒有，很抱歉！

- Che peccato! Posso provare quelle?
  好可惜喔！可以試穿那些嗎？

- Certo! Che numero porta?
  當然！您穿幾號？

- Il 42. Che colori ci sono?
  42號。有哪些顏色呢？

### 4.3.a 鞋店的片語

1. **Vorrei provare questo paio di scarpe.**
   我想試穿這雙鞋。
2. **È in offerta?**
   有優惠嗎？
3. Che numero (porta)?
   幾號？
4. Che colori ci sono?
   有什麼顏色？
5. Quanto costa? / Quanto viene?
   多少錢？（搭配單數名詞）
6. Quanto costano? / Quanto vengono?
   多少錢？（搭配複數名詞）
7. **Mi fa uno sconto?**
   可以幫我打折嗎？
8. **Mi può fare un prezzo migliore?**
   可以算我比較好的價錢嗎？

### 4.3.b 鞋子相關的詞彙

1. *le ciabatte*
   拖鞋
2. **le scarpe col tacco**
   高跟鞋
3. **le scarpe da ginnastica**
   運動鞋
4. **gli stivali**
   靴子
5. **le scarpe di pelle**
   皮鞋
6. **i sandali**
   涼鞋

## 4.3.c 配件相關的詞彙

1. *la cintura* 皮帶
2. **il portafoglio** 皮夾
3. **il borsellino** 零錢包
4. **il fazzoletto** 手帕
5. **il fermaglio** 髮夾
6. **l'anello** 戒指
7. **gli occhiali** 眼鏡
8. **gli orecchini** 耳環
9. **il bracciale** 手鍊
10. **l'orologio** 手錶
11. **la collana** 項鍊
12. **i guanti** 手套

## 4.3.d 條件式

1. 「are」組與「ere」組動詞的條件式變位怎麼變呢？
   **「are」組與「ere」組動詞的條件式變位是一模一樣的。**

2. 「ire」組動詞的條件式變位與「are」和「ere」組動詞的有什麼差異呢？
   **差異是「ire」組的主題母音是「i」而非「e」。**

3. 條件式現在時有3個用法，是哪些呢？
   - **禮貌地提出請求、邀請、提議**
   - **表達願望**
   - **提出建議**

## 5.1 課文翻譯

### Silvia invia un pacco ｜ Silvia寄包裹

Oggi Silvia ha tante cose da fare: deve andare in posta, al supermercato, dal fruttivendolo, in salumeria… Prima di tutto, Silvia va in posta ad inviare un pacco a Sofia che è a Taiwan a studiare cinese.

今天Silvia有很多事情要做：要去郵局、超市、蔬菜水果店、鹹肉店……首先，Silvia去郵局寄包裹給在台灣學中文的Sofia。

- Buongiorno! Vorrei spedire questo pacco a Taiwan.
  早安！我想把這個包裹寄到台灣。

- Pacco Ordinario Estero o Paccocelere Internazionale?
  外國普通包裹還是國際快捷包裹？

- Pacco Ordinario Estero.
  外國普通包裹。

- Può compilare questo cedolino per favore?
  請您填寫這張託運單，好嗎？

Nel frattempo squilla il cellulare. ｜ 與此同時，手機響了。

- Pronto?
  喂？

- Sono io, Giacomo. Dove sei?
  是我，Giacomo。你在哪裡？

- Sono in posta. Sto spedendo un pacco a Sofia.
  我在郵局。我正在寄包裹給Sofia。

- Come sta Luca oggi?
  Luca今天好嗎？

- Molto meglio menomale! Ti devo lasciare perché ho troppe cose da fare… devo ancora andare in panetteria, dal macellaio…
  幸好好多了！我得掛電話了，因為我有太多事要做……我還要去麵包店，去肉舖……

- Puoi per favore passare anche in pasticceria?
  妳可以順便去一下甜點店嗎？

- Quale?
  哪一家？

- Quella in piazza, accanto alla libreria…
  廣場上的那家，書店旁邊……

- Va bene!
  好啊！

### 5.1.a 郵局的片語

1. **Vorrei spedire questo pacco a Taiwan.**
   我想把這個包裹寄到台灣。
2. **Vorrei spedire questa lettera a Milano.**
   我想把這封信寄到米蘭。
3. **Vorrei spedire questa raccomandata a Venezia.**
   我想把這封掛號信寄到威尼斯。
4. **Vorrei spedire questa cartolina a Pechino.**
   我想把這張明信片寄到北京。
5. **Un francobollo per favore!**
   請給我一張郵票！

### 5.1.b 介系詞「in」

1. in + 國家

「in」的縮合介系詞

|  | il | lo | la | i | gli | le | l' |
|---|---|---|---|---|---|---|---|
| in | nel | nello | nella | nei | negli | nelle | nell' |

2. in + 行政區
3. in + 場所
4. in + -ia 結尾場所
5. in + -teca 結尾場所
6. in + 交通工具

## 5.1.c 商店相關的詞彙

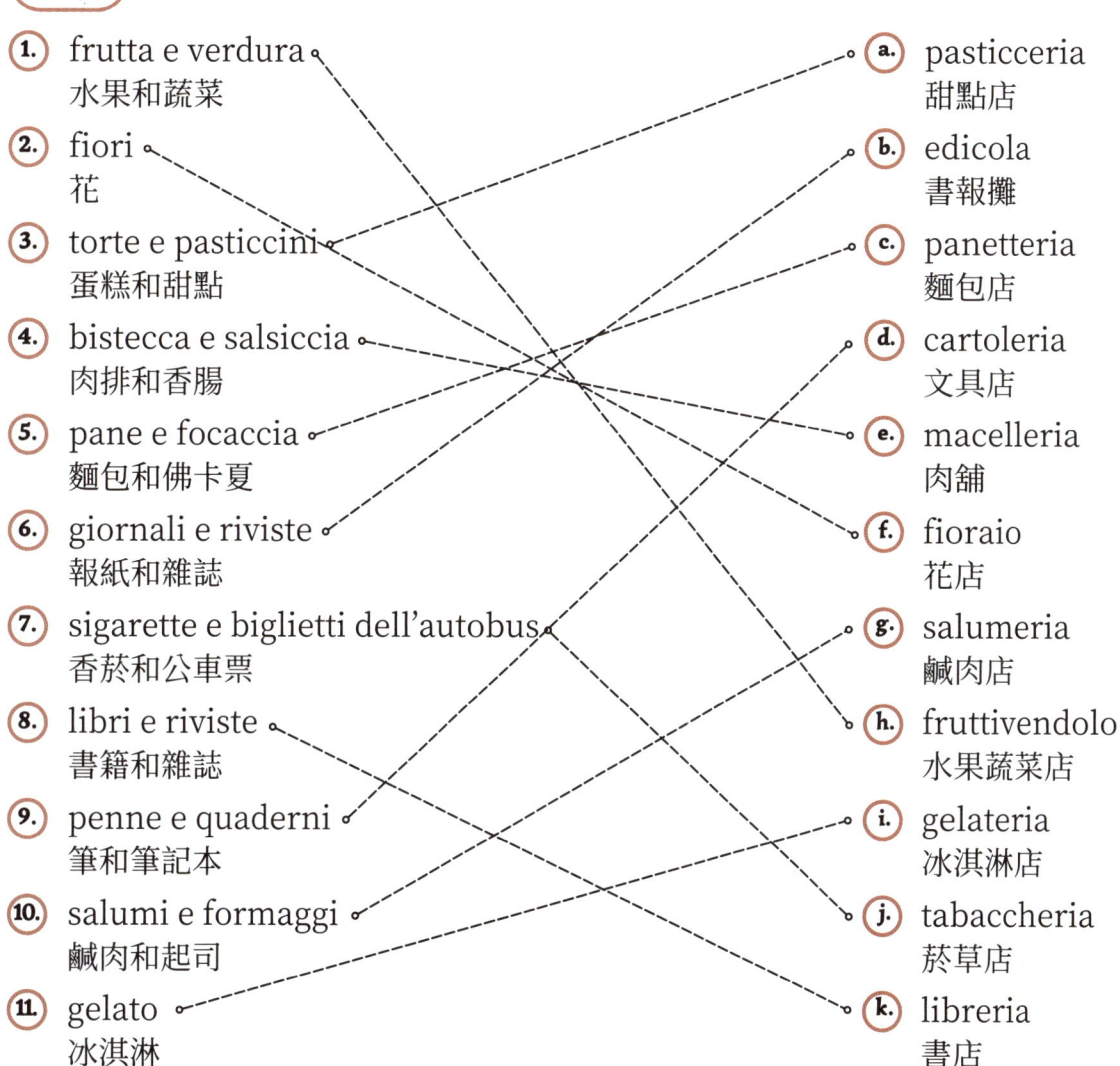

1. frutta e verdura　水果和蔬菜
2. fiori　花
3. torte e pasticcini　蛋糕和甜點
4. bistecca e salsiccia　肉排和香腸
5. pane e focaccia　麵包和佛卡夏
6. giornali e riviste　報紙和雜誌
7. sigarette e biglietti dell'autobus　香菸和公車票
8. libri e riviste　書籍和雜誌
9. penne e quaderni　筆和筆記本
10. salumi e formaggi　鹹肉和起司
11. gelato　冰淇淋

a. pasticceria　甜點店
b. edicola　書報攤
c. panetteria　麵包店
d. cartoleria　文具店
e. macelleria　肉舖
f. fioraio　花店
g. salumeria　鹹肉店
h. fruttivendolo　水果蔬菜店
i. gelateria　冰淇淋店
j. tabaccheria　菸草店
k. libreria　書店

## 5.1.d 方位詞（二）

1. davanti a　**前面**
2. tra　**之間**
3. di fronte a　**對面**
4. accanto a　**旁邊**
5. al centro di　**中間**
6. dietro　**後面**

## 5.2 課文翻譯

### Silvia ai fornelli ｜ Silvia下廚

Stasera Giacomo torna a casa e Silvia vuole fargli una sorpresa. Perciò telefona alla suocera per chiedere aiuto…

今晚Giacomo回家，Silvia想給他一個驚喜。所以她打電話給她的婆婆尋求幫助……

- Pronto?
  喂？

- Ciao, disturbo?
  妳好！打擾了嗎？

- No, affatto! Dimmi!
  完全不會啊！說吧！

- Stasera torna Giacomo e per cena voglio fargli la pizza. A lui piace molto come la fai tu… Puoi darmi la tua ricetta?
  Giacomo今晚回家，我想為他做披薩當晚餐。他真的很喜歡妳做的披薩……妳能把妳的食譜分享給我嗎？

- Certo! Allora, è facilissima! Sciogli il lievito con un pizzico di zucchero in un bicchiere di acqua tiepida.
  當然可以！好的，超級簡單的！把少許的糖和酵母一起溶解在一杯溫水中。

- Aspettami un attimo per favore che prendo carta e penna.
  請等我一下，我去拿紙筆。

- Va bene… continuo?
  好啊……我繼續喔？

- Sì, dimmi…
  是的，說吧……

- Poi versa l'acqua nella farina e mescola.
  然後將水倒入麵粉中，攪拌均勻。

- Devo aggiungere il sale nell'impasto?
  我應該在麵團裡加鹽嗎？

- Sì, aggiungilo con l'olio, e continua ad impastare con le mani o con l'impastatrice se ce l'hai.
  對，和橄欖油一起加，繼續用手揉，有的話用攪拌機揉。

🧑 No, purtroppo non ce l'ho...
沒有，可惜我沒有……

👩 Non fa niente, impasta con le mani, così fai anche un po' di attività fisica... Lascia lievitare per 2 ore.
沒關係，用手揉捏，這樣也好順便運動一下……讓它發酵2個小時。

🧑 E poi?
然後呢？

👩 Dividi l'impasto in tre parti, e lascia lievitare per 30 minuti.
把麵團分成三份，發酵30分鐘。

🧑 Ho capito! E come prepari la salsa per la pizza?
我明白了！還有，妳是怎麼調披薩醬的呢？

👩 In una ciotola versa la passata e l'olio. Condiscila con l'origano e il sale. Ce l'hai l'origano?
在一個碗裡倒入番茄泥和橄欖油。用奧勒岡葉和鹽來調味。妳有奧勒岡葉嗎？

🧑 Sì, ce l'ho! C'ho anche il basilico.
有，我有喔！我也有羅勒。

👩 Ottimo! Poi stendi la pizza con il matterello, spalma la salsa sulla pizza, aggiungi la mozzarella, e inforna.
太棒了！然後用擀麵棍把披薩擀開，把醬汁塗在披薩上，加上莫札瑞拉，再放入烤箱。

🧑 Per quanto tempo?
多久？

👩 In forno preriscaldato a 260 gradi per 15 minuti.
烤箱預熱到260度，烤15分鐘。

## 5.2.a 命令式

(1) 「命令式」是很容易學習的語式，因為它只有「現在時」一個時態。命令式的動詞變化也很簡單，因為它只有 **tu**、**noi**、**voi** 三個人稱。

(2) 除了「-are」組的動詞的第二人稱單數之外，「命令式」和「直陳式現在時」的變化是一模一樣的。「-are」組的命令式第二人稱單數以 **-a** 為變位。

(3) 命令式第二人稱單數的否定形式由否定副詞「non」加 **原形動詞** 組成的，如「Non parlare!」，即「別說話！」。

(4) 「fare、andare、dare、dire、stare」之不規則動詞的命令式第二人稱單數也能縮寫成 **fa'**、**va'**、**da'**、**di'**、**sta'**。

**在課文中所出現的命令式動詞：**

Stasera Giacomo torna a casa e Silvia vuole fargli una sorpresa. Perciò telefona alla suocera per chiedere aiuto...

- Pronto?
- Ciao, disturbo?
- No, affatto! **Dimmi!**
- Stasera torna Giacomo e per cena voglio fargli la pizza. A lui piace molto come la fai tu... Puoi darmi la tua ricetta?
- Certo! Allora, è facilissima! **Sciogli** il lievito con un pizzico di zucchero in un bicchiere di acqua tiepida.
- **Aspettami** un attimo per favore che prendo carta e penna.
- Va bene... continuo?
- Sì, **dimmi** ...
- Poi **versa** l'acqua nella farina e mescola.
- Devo aggiungere il sale nell'impasto?
- Sì, **aggiungilo** con l'olio, e **continua** ad impastare con le mani o con l'impastatrice se ce l'hai.
- No, purtroppo non ce l'ho...
- Non fa niente, **impasta** con le mani, così fai anche un po' di attività fisica... **lascia** lievitare per 2 ore.
- E poi?
- **Dividi** l'impasto in tre parti, e **lascia** lievitare per 30 minuti.
- Ho capito! E come prepari la salsa per la pizza?
- In una ciotola **versa** la passata e l'olio. **Condiscila** con l'origano e il sale. Ce l'hai l'origano?
- Sì, ce l'ho! C'ho anche il basilico.
- Ottimo! Poi **stendi** la pizza con il matterello, **spalma** la salsa sulla pizza, **aggiungi** la mozzarella, e **inforna** .
- Per quanto tempo?
- In forno preriscaldato a 260 gradi per 15 minuti.

### 5.2.c 無人稱結構

1. 無人稱結構的句子沒有明確的主詞
2. 無人稱結構的形式是　　si **+ 動詞的第三人稱**
3. 「si + 動詞的第三人稱單數」搭配 **單數** 的名詞
4. 「si + 動詞的第三人稱複數」搭配 **複數** 的名詞

### 5.2.d 介系詞「su」、「con」和「per」

1. 介系詞「su」

    su **+** 社交網站

    su **+** 主題

    su **+** 山

2. 介系詞「con」

    con **+** 工具

    con **+** 人

3. 介系詞「per」

    per **+** 持續的時間

    per **+** 理由

    per **+** 目的地

    per **+** 目的

## 5.3 課文翻譯

### Giacomo e Silvia al ristorante｜Giacomo和Silvia到餐廳

　　Giacomo è finalmente tornato a casa! Silvia per accoglierlo nel migliore dei modi voleva fargli una sorpresa e preparargli una cena speciale e romantica. Purtroppo però qualcosa è andato storto in cucina... si è bruciato tutto! Ma Giacomo ha un'idea per confortare la moglie... la porta al ristorante!

　　Giacomo終於回家了！為了以最好的方式歡迎他，Silvia想給他一個驚喜，並為他準備了一頓特別浪漫的晚餐。然而不幸的是，烹調時出了點問題……全都燒焦了！但Giacomo想出一個辦法來安慰妻子……帶她去餐廳！

- Cameriera, vorremmo ordinare. Cosa ci consiglia?
  服務生，我們要點餐。您有什麼建議？

- La nostra specialità sono le tagliatelle ai funghi porcini.
  我們的招牌是牛肝菌鳥巢麵。

- Allora prendiamo le tagliatelle. Poi come secondo ci porta una bistecca alla fiorentina, e per contorno le patate al forno.
  那我們就點鳥巢麵。然後主菜，請給我們一份佛羅倫斯式牛排，還有烤馬鈴薯當配菜。

- Da bere?
  喝的呢？

- Un litro di vino rosso della casa, e una bottiglia di acqua frizzante.
  一公升招牌紅酒，再一瓶氣泡水。

- Grazie Giacomo! Volevo farti una sorpresa, e invece alla fine l'hai fatta tu a me! Questo locale è bellissimo...
  Giacomo，謝謝你！我原本想給你一個驚喜，但最後反倒是你給我驚喜！這家店好漂亮……

## 5.3.a 義大利料理須知 | 課文翻譯

## La cucina italiana | 義式料理

La cucina italiana, a differenza di quella cinese, segue un ordine specifico e lineare. Si inizia con gli antipasti che possono essere freddi come l'insalata caprese e l'insalata di polpo, oppure caldi come il fritto misto. Si servono su un vassoio a centro tavola, e vengono accompagnati da un cestino di pane e grissini (nel Nord), o pane e taralli (nel Sud), o pane e schiacciata (nel centro), a seconda della regione in cui vi trovate.

與中國料理不同的是，義大利料理遵循特定的先後順序。從前菜開始，有番茄莫札瑞拉沙拉和章魚沙拉一類的冷盤，或綜合炸物一類的熱盤。前菜可以用大盤子放在餐桌中讓大家分享，並搭配一籃麵包和麵包棒（在北義），或麵包和塔拉利義式餅乾（在南義），或麵包和佛卡夏（在中義），視你所待的大區而定。

A seguire ci sono i primi che comprendono i piatti a base di pasta, i risotti e le zuppe, come per esempio le trofie al pesto, le tagliatelle alla bolognese, le linguine ai frutti di mare, il risotto alla milanese, la zuppa di pesce, ecc.

接著是包括義大利麵、燉飯和湯品的第一道菜，例如青醬特菲麵、波隆那肉醬鳥巢麵、海鮮扁麵、米蘭燉飯、魚湯等。

Poi ci sono i secondi che possono essere di carne o di pesce, come il filetto al pepe verde, la spigola al cartoccio, i quali sono serviti con i contorni come le verdure grigliate, le patate al forno e l'insalata verde o mista. Proprio così, in Italia l'insalata non è un antipasto ma un contorno!

然後是主菜，可以是肉或魚，如綠胡椒菲力、錫箔烤鱸魚，搭配烤蔬菜、烤馬鈴薯和青蔬或綜合沙拉等配菜。沒錯，在義大利，沙拉不算是前菜而是配菜！

Per finire si prende il dolce, come per esempio il tiramisù o la panna cotta, insieme ad un espresso o un macchiato, ma mai il cappuccino! Infatti, gli italiani bevono il cappuccino solo a colazione, e mai durante o dopo il pranzo.

最後享用甜點，如提拉米蘇或義式奶酪等，搭配義式濃縮咖啡或瑪奇朵，但絕對不能搭配卡布奇諾！的確，義大利人只在早餐時喝卡布奇諾，絕不在午餐時或午餐後喝。

正確的順序是： **2** 、 **4** 、 **3** 、 **1** 。

### 5.3.b 餐廳的片語

1. **Un tavolo per due, grazie!**
   兩人桌,謝謝!

2. **Il menù, grazie!**
   菜單,謝謝!

3. Come antipaso, prendo un'insalata di mare, grazie.
   前菜我點海鮮沙拉,謝謝。

4. **Come primo, prendo le linguine ai frutti di mare, grazie.**
   第一道菜我點海鮮扁麵,謝謝。

5. **Come secondo, prendo una bistecca di manzo alla brace, grazie.**
   主餐我點炭烤牛排,謝謝。

6. **Come contorno, prendo le patate al forno, grazie.**
   配菜我點烤馬鈴薯,謝謝。

7. **Come dolce, prendo un tiramisù, grazie.**
   甜點我點提拉米蘇,謝謝。

8. **Il conto, grazie!**
   帳單,謝謝!

### 5.3.c 課文翻譯

#### 義大利餐廳的類型

A papà piace bere la birra. Mi ricordo che da ragazzo ha portato più volte me e mio fratello in Germania ad assaggiare le birre bavaresi. E ad essere sinceri, lui non ha un palato raffinato...

爸爸喜歡喝啤酒。我記得小時候,他帶我和哥哥去德國幾次,品嚐巴伐利亞啤酒。老實說,他舌頭不挑……

**Paolo** — birreria｜酒吧

Per la mamma questo anniversario è speciale. Dobbiamo scegliere un locale elegante, con un ottimo servizio, un menù originale... e anche se è caro, non importa! Tanto paga papà...

對媽媽來說,這個週年紀念日很特別。我們得要選一個優雅、提供優質服務、菜單創新的地方……即使很貴,也沒關係!反正是爸爸付錢……

**Giacomo** — ristorante｜餐廳

**Francesca**

Mia suocera è un'amante del vino. L'anno scorso per il suo compleanno le ho regalato una bottiglia di Barolo… era contentissima! Ci vorrebbe un locale raffinato con una ricca carta dei vini, dove sarebbe possibile fare una degustazione…

我的婆婆是個愛酒的人。去年她生日，我送她一瓶巴羅洛⋯⋯她很高興！需要一家高檔、酒單選項很多、可以品酒的地方⋯⋯

**enoteca｜酒窖**

**Silvia**

A mia suocera piace la cucina tradizionale e i locali con un'atmosfera familiare. Non le interessa la qualità del servizio o l'arredamento del locale, ma il sapore del cibo. E poi so che a lei non piace far spendere tanto al marito…

我婆婆喜歡傳統美食和有家的感覺的地方。她不在乎服務品質或餐廳裝潢，而是重視食物的味道。此外，我知道她不喜歡讓老公破費⋯⋯

**trattoria｜小餐館**

**Claudio**

Lo so, sarebbe più adatto andare in un ristorante, ma organizzare l'anniversario in una birreria sarebbe un sogno. Però, Luca è ancora troppo piccolo, non può bere la birra… forse è meglio se andiamo in un locale dove mangiare la pizza, così non spendo nemmeno troppo!

我知道，去餐廳會更合適，但在酒吧慶祝結婚週年會很美好。不過，Luca還太小，他不能喝啤酒⋯⋯也許我們還是去個吃披薩的地方較好，這樣我還可以省錢！

**pizzeria｜披薩店**

**Giulia**

È un giorno speciale, ma non voglio far spendere troppo a mio marito. L'importante è stare insieme in un posto accogliente… con un buon bicchiere di vino per il brindisi che non può mancare!

這是一個特殊的日子，但我不想讓老公破費。重要的是，大家一起找個溫馨的地方聚一聚⋯⋯再來杯好酒舉杯一下，這是一定要有的！

**osteria｜小酒館**

### 5.3.d 義大利餐廳的特點

|   |   | V | F |
|---|---|---|---|
| 1. | 義大利的餐廳收10%的服務費 | ☐ | ☒ |
| 2. | 義大利的餐廳麵包是免費的 | ☒ | ☐ |
| 3. | 義大利人餐後喝威士忌 | ☐ | ☒ |
| 4. | 在義大利不用給小費 | ☐ | ☒ |

### 5.3.d 課文翻譯

## Sui ristoranti italiani｜義大利餐廳的特點

### Il coperto｜桌費

La maggioranza dei ristoranti italiani fa pagare il coperto, il quale non copre il costo del servizio dei camerieri, ma i costi della pulizia delle stoviglie e delle tovaglie.
大多數義大利餐廳都收取桌費，這不是服務費，而是清潔餐具和桌巾的費用。

### Il pane｜麵包

Nei ristoranti italiani dopo aver ordinato il cameriere porta al tavolo il pane insieme alle bevande. Il prezzo del pane è incluso nel coperto, e una volta finito puoi chiedere al cameriere di portarne dell'altro.
在義大利餐廳，點餐後，服務生會把麵包和飲料一起端上桌。麵包的價格包含在桌費裡，吃完了可以請服務生再給一些。

### L'ammazzacaffè｜咖啡殺手

Gli italiani alla fine del pasto, dopo il caffè bevono l'ammazzacaffè, ovvero un liquore che aiuta a digerire e porta via dalla bocca l'amaro del caffè. I più apprezzati sono:
用餐完畢，喝完咖啡後，義大利人會喝「咖啡殺手」，這是一種利口酒，可以幫助消化，去除口中咖啡的苦味。最受歡迎的是：

- la grappa, un distillato di uva con gradazione alcolica superiore ai 40° molto diffuso nel nord d'Italia;
葡萄蒸餾酒，一種酒精濃度超過40°的蒸餾酒，在義大利北部非常普遍；

- l'amaro, un liquore a base di erbe con gradazione inferiore ai 35° molto diffuso nel sud d'Italia;
  草藥酒，一種酒精濃度低於35°的草本利口酒，在義大利南部非常普遍；
- il limoncello, un liquore a base di limone tipico della Campania.
  檸檬甜酒，坎帕尼亞典型的檸檬利口酒。

**La mancia** | 小費

In Italia non c'è l'abitudine di lasciare la mancia, ma se avete apprezzato il servizio del cameriere, potete dargli la mancia direttamente o lasciarla sul tavolo. Potete lasciare dai 2 ai 20 euro, dipendendo dal livello del locale in cui avete consumato.
在義大利沒有給小費的習慣，但如果你很滿意服務生的服務，可以直接給他小費或將小費留在桌上。可以留2到20歐元，視餐廳消費等級而定。

## 6.1 課文翻譯

### I ricordi di Giacomo e Silvia｜Giacomo和Silvia的回憶

Giacomo e Silvia stanno cenando al ristorante. I piatti sono raffinati, l'atmosfera è romantica, la musica è rilassante. Anche se sono sposati già da più di 15 anni, sono ancora innamoratissimi. Quante cose sono successe in questi anni, quanti bei ricordi li uniscono…

Giacomo和Silvia正在餐廳吃晚餐。精緻的菜餚，浪漫的氣氛，令人放鬆的音樂。儘管他們已經結婚超過15年了，但他們仍然深愛彼此。這些年發生了好多事，無數美好的回憶將他們凝聚在一起……

- Ti ricordi il nostro primo viaggio?
  你還記得我們的第一次旅行嗎？

- Come no! Siamo andati in Sardegna a trovare tua zia che aveva una bella casa nella Costa Smeralda, ma non ci andava spesso.
  當然！我們去撒丁島找妳的姑姑，她在翡翠海岸有一棟漂亮的房子，但她不常去那裡。

- Quella casa era piccola ma luminosissima, a due passi dal mare! Io ancora non so come hai fatto a convincerla a farti prestare la casa per la settimana di Ferragosto…
  那房子很小但採光很好，離海邊只有一步之遙！我仍然不知道你當初是怎麼說服她把房子借給我們過八月節的那一週的……

- Sai, avevo i capelli lunghi, un fisico palestrato, suonavo la chitarra e già allora cucinavo da Dio… avevo un fascino irresistibile!
  妳知道的，我當時留著長髮，體格健美，會彈吉他，並且廚藝已經出神入化……我有一種難以抗拒的魅力！

- Già, andavi tre giorni alla settimana in palestra e ogni fine settimana suonavi con il tuo gruppo.
  是的，你每週去健身房三天，每個週末都和你的樂團一起演奏。

- Anche tu eri bellissima, e ti mettevi sempre quel costume bianco intero che mi piaceva tantissimo!
  當時妳也很漂亮，常穿我最愛的那件白色連身泳衣！

- Davvero? Ce l'ho ancora, sai? Lo metterò la prossima volta che mi porti al mare… a proposito, quest'anno dove andremo in vacanza?
  真的嗎？你知道嗎？我還保存著那件。下次你帶我去海邊，我就穿上它……對了，今年我們去哪裡度假？

## 6.1.a 直陳式未完成時「Imperfetto」

「未完成時」的形式

| suonare<br>演奏 | mettere<br>放 | aprire<br>打開 | essere<br>是 |
|---|---|---|---|
| suon **avo** | mett **evo** | apr **ivo** | **ero** |
| suon **avi** | mett **evi** | apr **ivi** | **eri** |
| suon **ava** | mett **eva** | apr **iva** | era |
| suon **avamo** | mett **evamo** | apr **ivamo** | eravamo |
| suon **avate** | mett **evate** | apr **ivate** | eravate |
| suon **avano** | mett **evano** | apr **ivano** | erano |

「未完成時」的應用

1. 「未完成時」用來 **描述** 過去的人、地方和物品
2. 「未完成時」用來述說過去的 **習慣**

## 6.1.b 義大利節日和月份

| gennaio | febbraio | marzo |
|---|---|---|
| Capodanno<br>Epifania | Carnevale<br>San Valentino | Pasqua<br>Pasquetta<br>Festa del papà |

| aprile | maggio | giugno |
|---|---|---|
| Pasqua<br>Festa della donna<br>Festa della Liberazione | Festa del lavoro<br>Festa della mamma | Festa della Repubblica |

| luglio | agosto | settembre |
|---|---|---|
|  | Ferragosto |  |

| ottobre | novembre | dicembre |
|---|---|---|
|  | Festa di ognissanti<br>Festa dei morti | Natale<br>San Silvestro |

### 6.1.b 課文翻譯

## Le feste italiane｜義大利人的節日

Gli italiani, proprio come i cinesi, festeggiano la Festa del papà. Ma i cinesi la festeggiano l'8 agosto, invece gli italiani la festeggiano il 19 marzo. Perché? Il 19 marzo i cattolici ricordano San Giuseppe, il papà di Gesù, e insieme a lui quindi si festeggiano tutti i papà. In questo giorno si mangiano le zeppole di San Giuseppe, delle ciambelle fritte o al forno con crema.

義大利人和華人一樣慶祝父親節。但是華人是在8月8日慶祝，而義大利人是在3月19日慶祝的。為什麼呢？3月19日天主教徒紀念耶穌的父親聖約瑟，當天紀念他和所有的父親。在這一天要吃名為「Zeppole di San Giuseppe」油炸的或烤的甜甜圈佐卡士達醬。

Anche gli italiani, proprio come i cinesi, festeggiano la Festa degli innamorati. Ma i cinesi la festeggiano nel settimo mese del calendario lunare, invece gli italiani la festeggiano il 14 febbraio. Perché? Il 14 febbraio i cattolici ricordano San Valentino, il santo protettore degli innamorati. In questo giorno gli uomini regalano fiori e cioccolatini alla propria compagna.

義大利人也像華人一樣慶祝情人節。但是華人是在農曆的7月慶祝，而義大利人是在2月14日慶祝。為什麼呢？2月14日天主教徒紀念戀人的守護者聖瓦倫丁諾。在這一天男子送鮮花和巧克力給伴侶。

Il 2 novembre è la Festa dei morti. In questo giorno gli italiani vanno al cimitero per pulire le tombe dei loro famigliari defunti e portagli dei fiori. Anche i cinesi hanno una festa simile. Sai quand'è?

11月2日是亡靈節。在這一天義大利人去墓園幫已故的親人掃墓，並帶鮮花給他們。華人也有類似的節日。你知道是什麼時候嗎？

Il 2 giugno è la Festa della Repubblica. In questo giorno gli italiani ricordano la fine della monarchia avvenuta il 2 giugno 1946 e l'inizio della repubblica. Anche i cinesi hanno una festa simile?

6月2日是義大利的共和國日。在這一天義大利人紀念1946年6月2日君主制的終結和共和國的開始。你們也有類似的節日嗎？

### 📅 gennaio ｜一月

Capodanno è il primo gennaio. ｜1月1日是元旦。
L'Epifania è il 6 gennaio. ｜1月6日是主顯節。

### 📅 febbraio ｜二月

San Valentino è il 14 febbraio. ｜2月14日是西洋情人節。
Anche Carnevale è a febbraio. ｜嘉年華也在二月。

### 📅 marzo ｜三月

La Festa della donna è l'8 marzo. ｜3月8日是婦女節。
La Festa del papà è il 19 marzo. ｜3月19日是父親節。

### 📅 aprile ｜四月

Pasqua e Pasquetta sono a marzo o ad aprile.
復活節和小復活節在三月或四月。
La Festa della Liberazione è il 25 aprile. ｜4月25日是解放日。

### 📅 maggio ｜五月

La Festa del lavoro è il primo maggio. ｜5月1日是勞動節。
Anche la Festa della mamma è a maggio. ｜母親節也在五月。

### 📅 giugno ｜六月

La Festa della Repubblica è il 2 giugno. ｜6月2日是義大利的共和國日。

### 📅 agosto ｜八月

Ferragosto è il 15 agosto. ｜8月15日是八月節。

### 📅 novembre ｜十一月

La Festa di Ognissanti è il primo novembre. ｜11月1日諸聖節。
La Festa dei morti è il 2 novembre. ｜11月2日是亡靈節。

### 📅 dicembre ｜十二月

Natale è il 25 dicembre. ｜12月25日是聖誕節。
San Silvestro è il 31 dicembre. ｜12月31日是跨年夜。

## 6.1.c 義大利節日的習俗

d. frittelle
e. pandoro
f. cioccolatini
c. torrone
b. uova di cioccolato
a. colomba
g. chiacchiere
h. panettone
i. zeppole

1. Natale
2. Carnevale
3. San Valentino
4. Pasqua
5. Festa del papà

## 6.1.c 課文翻譯

### I dolci tipici delle feste｜節日的點心

Il 24 dicembre è la vigilia di Natale. Tutte le famiglie si riuniscono in casa per cenare insieme e aspettare la mezzanotte quando nasce Gesù bambino. Il giorno dopo quando si svegliano, i bambini trovano sotto l'albero di Natale i regali che ha lasciato Babbo Natale. Poi c'è il pranzo di Natale, il momento più importante di questa festa, quando si scambiano i regali e si mangia il panettone, il pandoro e il torrone.

12月24日是平安夜。所有的家庭在家中團圓，一起吃晚餐，守夜期待小耶穌的誕生。隔天，小朋友醒來後，在聖誕樹下找到聖誕老人留下的禮物。接著是聖誕午餐，這是慶祝活動中最重要的時刻，大家彼此交換禮物，吃聖誕麵包、黃金麵包和牛軋糖。

Carnevale si festeggia a febbraio. É una festa molto colorata e vivace: si indossano le maschere e si sfila per la città. Il Carnevale più famoso è quello di Venezia, ma altrettanto importanti sono quelli di Viareggio e Ivrea. A Carnevale si mangiano le frittelle e le chiacchiere.

嘉年華是在二月慶祝的。這是一個非常豐富多彩和熱鬧的節日：人們戴上面具，在城市裡遊行。最著名的嘉年華會是威尼斯的狂歡節，但維亞雷焦和伊夫雷亞的嘉年華也一樣重要。在嘉年華要吃嘉年華煎餅和油炸脆餅。

Pasqua si festeggia a marzo o ad aprile. Durante questa festa si ricorda la morte e la risurrezione di Cristo. Si mangia l'agnello arrosto, la colomba e le uova di cioccolato. Pasqua è sempre di domenica. Il giorno dopo è Pasquetta, e solitamente gli italiani vanno al mare, o in campagna o in montagna a fare un picnic.

　　復活節是在三月或四月慶祝的。這個節日紀念基督的死亡和復活。在這個節日要吃烤小羊肉、鴿子蛋糕和巧克力蛋。復活節總是落在星期日。隔天是「Pasquetta」小復活節，在這一天義大利人通常去海邊、鄉下或山上野餐。

### 6.1.d 不規則的名詞

(1) 以 子音 結尾的名詞都是陽性的，其複數不變，例如 ananas 、 bar 、 autobus 、 sport 、 yogurt 、 computer 。

(2) 最後一個母音為 重音 的名詞，其複數不變，例如 papà 、 caffè 、 università 。

(3) 「縮寫」名詞的複數不變，例如 moto 、 auto 、 bici 、 metro 、 foto 、 cinema 。

(4) 一些身體部位的名詞的 複數 以「-a」為結尾，例如 braccio 、 dito 、 ginocchio 、 labbro 、 uovo 、 lenzuolo 。

### 6.2 課文翻譯

## Sofia studia il cinese ｜ Sofia學中文

　　Giacomo e Silvia sono ancora al ristorante quando ricevono una videochiamata da Sofia.
　　當Giacomo和Silvia接到Sofia打來的視訊電話時，他們還在餐廳。

🧑 Ciao mamma! Come va? Ah, ci sei anche tu papà! Dove siete?
　　嗨！媽媽，妳好嗎？爸爸，你也在啊！你們在哪裡？

🧑 Tuo padre mi ha fatto una sorpresa e mi ha portato a mangiare fuori. Piuttosto dimmi di te, come va a Taiwan?
　　妳父親為我準備了一個驚喜，帶我出來吃飯。說說妳自己吧，在台灣怎麼樣？

🧑 Alla grande! Taipei è una bellissima città e ho scoperto che la costa nord-est di Taiwan ha dei panorami mozzafiato!
　　太棒了！台北是個美麗的城市，我發現台灣的東北海岸有令人嘆為觀止的風景！

🙍 Davvero? A dire la verità, non ne so molto su Taiwan, e tuttora non ho ancora capito perché vuoi imparare il cinese... A proposito stai studiando?
真的嗎？說實話，我對台灣了解不多，到現在也沒弄明白妳為什麼要學中文⋯⋯對了，妳在讀書嗎？

🙍 Sì certo, mamma! Non ti preoccupare! Il cinese è una lingua così affascinante, e mi sto divertendo a imparare a scrivere i caratteri.
是啊，當然，媽媽！請別操心！中文是如此迷人的語言，我很享受學習寫漢字。

🙍 Fai lezione tutti i giorni?
妳每天都有課嗎？

🙍 Sì, due ore ogni giorno, dal lunedì al venerdì. Poi nel fine settimana ho più tempo per esplorare la città e osservare come vivono i taiwanesi.
是的，從星期一到星期五，每天兩小時。然後在週末我有更多的時間去探索這座城市，看看台灣人的生活方式。

🙍 Dimmi un po', come sono i taiwanesi?
告訴我一下，台灣人怎麼樣？

🙍 Ho notato che a loro, come a noi, piace mangiare insieme alla famiglia. Nel tempo libero giocano a pallacanestro e amano il karaoke. Posso chiedervi se avete dei progetti per le vacanze?
我注意到他們和我們一樣，喜歡和家人一起吃飯。在空閒時間，他們打籃球和唱卡拉OK。對了，你們假期有什麼計畫嗎？

🙍 Ne stavamo parlando proprio quando tu ci hai chiamato...
妳打來的時候，我們正在討論呢⋯⋯

🙍 Perché non venite a Taiwan a trovarmi? Noleggiamo una macchina e facciamo un giro lungo la costa orientale. Dicono che il paesaggio naturale è spettacolare e incontaminato.
你們何不來台灣找我呢？我們租一輛車，沿著東海岸線遊覽。聽說，那裡的自然景觀很壯觀且未受破壞。

🙍 Non saprei... mi sembra un posto così lontano...
我不知道⋯⋯聽起來是個很遙遠的地方⋯⋯

🙍 Sì è vero, ma ne vale la pena! E poi potremmo prendere un aereo e andare in Cina, o in Giappone, o nelle Filippine... sono tutti Paesi molto vicini.
是的，沒錯，但很值得！然後我們可以坐飛機去中國、日本或菲律賓⋯⋯它們都是非常近的鄰國。

🙍 Va bene, ci pensiamo su, ma non ti prometto niente...
好吧，我們考慮看看，不過我沒答應妳什麼⋯⋯

## 6.2.b 課文翻譯

## I passatempi degli italiani｜義大利人的休閒活動

　　Gli italiani amano mangiare! Gli piace cucinare e parlano sempre di cibo. Se vogliono rilassarsi prendono un aperitivo, o vanno a cena fuori con gli amici. Logicamente per mantenersi in forma devono andare in palestra o fare sport. Per esempio a molti piace andare in bici o giocare a calcio. Ma a dire la verità, gli italiani piuttosto che giocare davvero a calcio, preferiscono guardarlo in tv con gli amici su un divano davanti a una pizza e una birra.

　　義大利人很愛吃！他們喜歡做飯，而且總是在談論食物。如果他們想放鬆一下，他們會喝一杯開胃酒，或者和朋友出去吃晚餐。當然，為了保持好的身材，他們得要去健身房或運動。例如，許多人喜歡騎腳踏車或踢足球。但說實在的，與其說真正下場踢足球，義大利人更喜歡和朋友一起邊吃披薩邊喝啤酒，賴在沙發上看足球比賽！

　　Poi ci sono gli italiani amanti della cultura, che nel fine settimana prendono la macchina o il treno e vanno a visitare altre città, oppure un museo. Poi si fermano in una piazza a chiacchierare o a leggere un libro seduti al tavolino di un bar.

　　再來，還有一些熱愛文化的義大利人，他們週末開車或搭火車去參觀其他城市或博物館。然後他們在廣場停留片刻聊聊天，或是坐在咖啡廳的桌子旁看本書。

　　Ai giovani invece piace andare in discoteca e ballare, conoscere nuovi amici, provare nuovi cocktail. Ma negli ultimi anni non pochi preferiscono rimanere a casa a giocare ai videogiochi o a guardare una nuova serie tv.

　　年輕人則喜歡去迪斯可跳舞，結識新朋友，嘗試新的調酒。但近年來，不少人更願意待在家裡打電動或看新的影集。

## 6.3 課文翻譯

### Giacomo invia un messaggio a Sofia ｜ Giacomo發訊息給Sofia

Tesoro mio! Ti scrivo per darti una bella notizia: quest'anno verremo in vacanza a Taiwan! All'inizio la mamma era spaventata dal lungo viaggio in aereo, ma poi sono riuscito a convincerla. Ci manchi moltissimo, e non vediamo l'ora di vederti!

我的寶貝！寫給妳是想告訴妳一個好消息：今年我們會去台灣度假了！起初媽媽害怕坐長途飛機，但後來我說服了她。我們非常想念妳，迫不及待地想見到妳！

Erano anni che desideravo fare un viaggio in Estremo Oriente! Infatti, anche se ho sempre lavorato in ristoranti di cucina italiana, mi piace molto la cucina cinese. Ti ricordi che ti ho portata in tutti i ristoranti cinesi di Roma? Forse è nata così questa tua passione per l'Oriente…

多年來我一直想去遠東旅行！事實上，儘管我一直在義式餐廳工作，但我非常喜歡中國菜。妳還記得我帶妳去過羅馬所有的中國餐館嗎？也許妳對東方的熱情就是這樣誕生的……

Non te l'ho mai detto, ma quando ero all'università praticavo le arti marziali, e con la mamma stavamo addirittura organizzando un viaggio in Cina, poi però abbiamo scoperto che era incinta… indovina di chi?

我沒跟妳說過，我上大學的時候練過武術，甚至跟妳媽計畫一起去中國旅遊，可是後來我們發現她懷孕了……猜一下懷的是誰？

Ho già comprato i biglietti. Arriveremo il 18 giugno, e rimarremo a Taiwan per due settimane. Poi porterò tua madre a Bali. Inizia per favore a pianificare l'itinerario e a prenotare gli alberghi. Ho fatto un bonifico sul tuo conto, fammi sapere se ti bastano i soldi.

我已經買好票了。我們將於6月18日抵達，並在台灣逗留兩週。然後我會帶妳媽去峇里島。請開始規劃行程和預訂旅館。我已經轉帳到妳的帳戶，讓我知道錢夠不夠。

Fai la brava e studia! Se ti serve qualcosa dall'Italia, dillo alla mamma che è contentissima di inviarti un altro pacco.
Un abbraccio!

要乖，好好唸書！如果妳需要些什麼義大利的東西，請跟妳媽說，她很樂意再寄一個包裹給妳。

抱一個！

### 6.3.a 「piacere」動詞

1. 「piacere」動詞有兩個形式:「piace」和「piacciono」。
2. 「piace」搭配 **單數** 的名詞和 **原形動詞**。
3. 「piacciono」搭配 **複數** 的名詞。
4. 與「piacere」動詞有相同行為的動詞包括:「interessare」、「sembrare」、「servire」、「bastare」和「mancare」動詞。

| piacere<br>喜歡 | interessare<br>感興趣 | sembrare<br>感覺 |
|---|---|---|
| **piace**<br>**piacciono** | **interessa**<br>interessano | **sembra**<br>sembrano |

| servire<br>需要 | bastare<br>足夠 | mancare<br>缺少 |
|---|---|---|
| **serve**<br>servono | **basta**<br>bastano | **manca**<br>mancano |

1. 以上動詞皆搭配 **間接受詞代名詞**
2. 以上動詞皆用 **essere** 動詞形成近過去時

### 6.3.b 間接受詞代名詞

1. 直接受詞代名詞通常取代 **物品**
2. 間接受詞代名詞通常取代 **人**
3. 間接受詞代名詞搭配「piacere」、「interessare」、「sembrare」、「servire」、「bastare」和「mancare」動詞

### 6.3.c 直陳式將來時

**「將來時」的形式**

| arrivare<br>到達 | mettere<br>放 | aprire<br>打開 | essere<br>是 |
|---|---|---|---|
| arriv **erò** | mett **erò** | apr **irò** | **sarò** |
| arriv **erai** | mett **erai** | apr **irai** | **sarai** |
| arriv **erà** | mett **erà** | apr **irà** | sarà |
| arriv **eremo** | mett **eremo** | apr **iremo** | **saremo** |
| arriv **erete** | mett **erete** | apr **irete** | sarete |
| arriv **eranno** | mette **eranno** | apr **iranno** | **saranno** |

**「將來時」的應用**

1. 「將來時」表明在 **未來** 將要發生的一個行動
2. 「將來時」表示一種 **猜測**

國家圖書館出版品預行編目資料

6個月學會義大利語A2 /
Giancarlo Zecchino（江書宏）、吳若楠合著
-- 初版 -- 臺北市：瑞蘭國際, 2025.06
192面；19×26公分 --（外語學習系列；147）
ISBN：978-626-7629-47-5（平裝）
1.CST：義大利語 2.CST：讀本
804.68　　　　　　　　　　　　　114006942

外語學習系列 147

# 6個月學會義大利語A2

作者｜Giancarlo Zecchino（江書宏）、吳若楠・插畫繪製｜葛祖尹
責任編輯｜葉仲芸、王愿琦
校對｜Giancarlo Zecchino（江書宏）、吳若楠、劉欣平、葉仲芸、王愿琦

義大利語錄音｜Giancarlo Zecchino（江書宏）、Sarah Hu Castillo（胡盛蘭）
錄音室｜采漾錄音製作有限公司
封面設計、版型設計、內文排版｜Sarah Hu Castillo（胡盛蘭）

瑞蘭國際出版
董事長｜張暖彗・社長兼總編輯｜王愿琦
**編輯部**
副總編輯｜葉仲芸・主編｜潘治婷・文字編輯｜劉欣平
設計部主任｜陳如琪
**業務部**
經理｜楊米琪・主任｜林湲洵・組長｜張毓庭

出版社｜瑞蘭國際有限公司・地址｜台北市大安區安和路一段104號7樓之1
電話｜(02)2700-4625・傳真｜(02)2700-4622・訂購專線｜(02)2700-4625
劃撥帳號｜19914152 瑞蘭國際有限公司
瑞蘭國際網路書城｜www.genki-japan.com.tw

法律顧問｜海灣國際法律事務所　呂錦峯律師

總經銷｜聯合發行股份有限公司・電話｜(02)2917-8022、2917-8042
傳真｜(02)2915-6275、2915-7212・印刷｜科億印刷股份有限公司
出版日期｜2025年06月初版1刷・定價｜600元・ISBN｜978-626-7629-47-5

◎ 版權所有・翻印必究
◎ 本書如有缺頁、破損、裝訂錯誤，請寄回本公司更換

PRINTED WITH SOY INK　本書採用環保大豆油墨印製

瑞蘭國際

瑞蘭國際

瑞蘭國際

瑞蘭國際